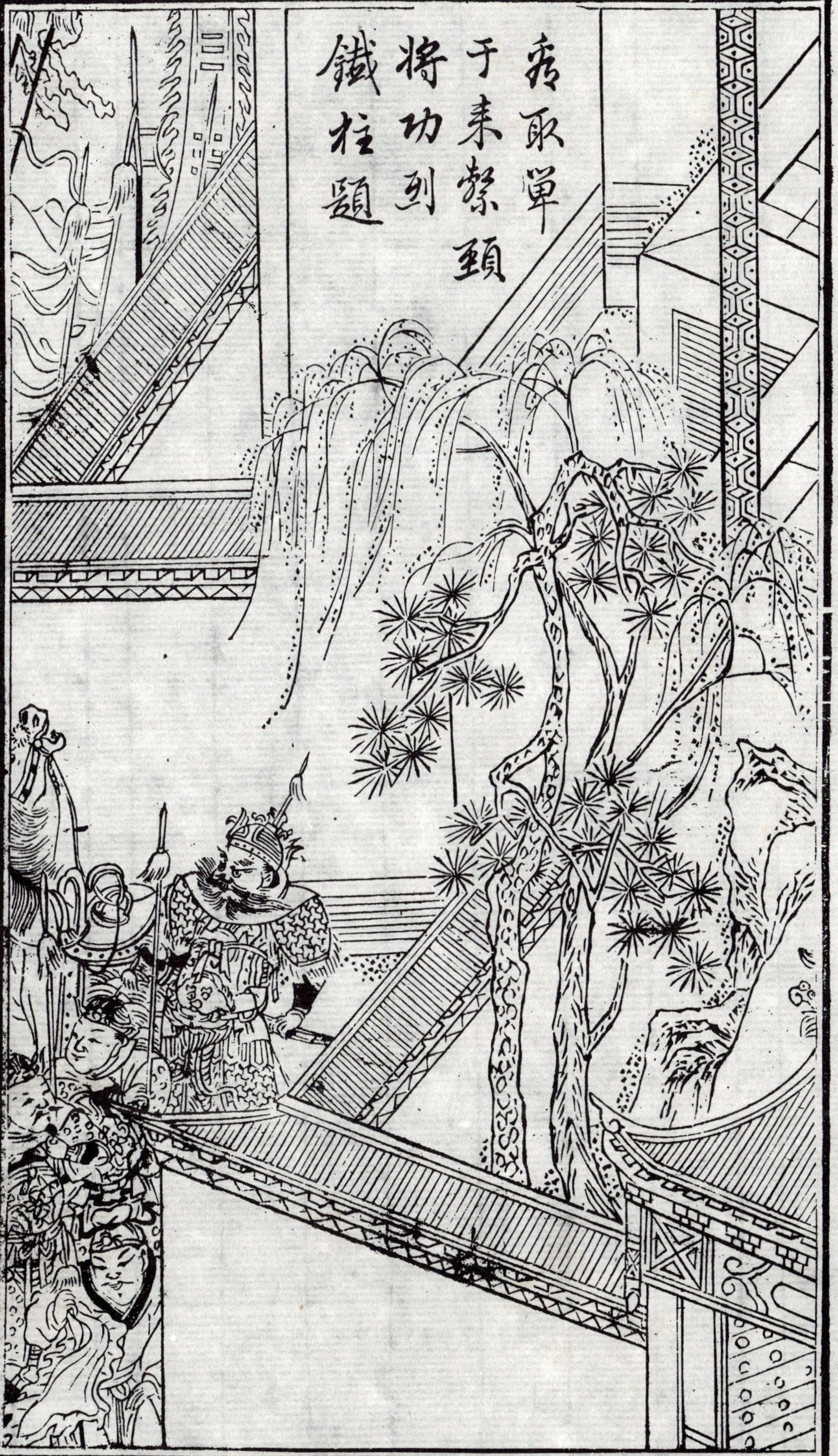
看取單
于來祭頭
將功到
鐵柱題

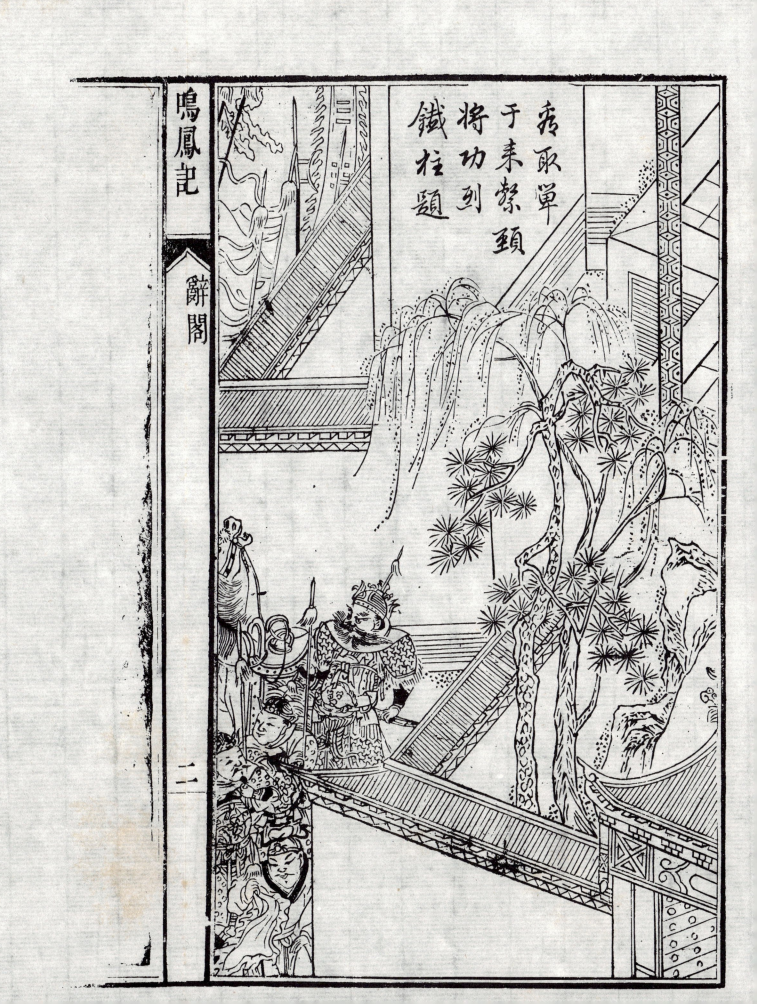

辭閣〔丑副淨旦扮小軍執開棍金瓜生小生扮院子捧蟒笏引外上〕

〔正宮引子〕〔瑞鶴仙〕林壑悠閒地、怪當朝僚友、推尊宣諭、君恩載隆日、效阿衡左右、傅巖霖雨、丹扆赤舄、恐誚南山瞻具、會芝田失種、不堪回首謾縈心緒〔末扮朱裁瑠上云〕卸下、〔衆應院子內下小軍外下〕〔末〕朱裁叩頭、〔外〕起來、〔末應立左旁〕〔外〕〔鷓鴣天〕〔官白〕金闕岧嶤殿影重、殊恩常錫未央宮、爵崇一品思君寵、祿享千鍾愧我榮、登紫閣、拜丹楓、鳳凰池上集夔龍、越裳未奏重來譯、願展東山破斧功、老夫華蓋殿大學士夏言是也、原籍江右、別號桂洲、官居九鼎之尊、位列三公之首、向因桑榆暮景、蘭桂無芽、乞骸骨於江西、樂優游於林下、何期薦章累上、豈容臥

謝安於東山、詔命頻加、終至召寇老於南海、遂作下車之馮婦、竟忘解組之兩疏、再受君恩、重叨國柄、非敢謂斷斷休休、聊以盡洞洞屬屬、〔着眼憂容式〕追想河套之地、淪於土木之災、虧祖宗之洪圖、實臣子之大罪、敢此運籌潛圖恢復、〔笑顏介〕昨已差都御史曾銑、總制三邊、自謂得人、〔怒目介〕但恐內有嚴嵩忌功、外有仇鸞負冏、不能成就大功、反使藉爲口實、朝夕憂懣、寢食皆忘、〔私語介〕夫人易氏、憐我無子、前在揚州娶一女蘇賽瓊、用作偏房、以圖後嗣、又恐他未嫺婦道、不免請夫人訓誨一番、正是常將國事兼家事、安得愁心易喜心、朱裁、傳話着賽娘服侍夫人出來、〔末〕〔應〕後堂傳話、〔小旦內應〕怎麽、〔末〕請賽娘服侍夫人上堂、〔小旦〕

堯得、（扶隨老旦上）

黃鐘引子【點絳唇】紅杏飄香、柳含烟翠拖金縷、（見科）相公、（外）夫人、（小旦）燭影搖紅、一枕傷春緒、賽瓊叩頭、（外）起來、（老旦）坐了、（小旦應）（外）咳、（老旦）相公、憂國憂民、固大人之任、宜家宜室、亦人道之常、既當退食委蛇、何故臨風長嘆、（外）夫人、無官一身輕、我爲有官所累、有子萬事足、我爲無子所牽、既歎報君之忠、又失承先之孝、覩此白駒彈指、豈堪華髮蒙頭、（指小旦科）況此妮子、本爲繼嗣、倘失教於今日、恐貽悔於他年、望夫人早晚訓誨、予心始安、（老旦）賽瓊工容言德、事事無差、不必老身訓誨、（外）夫人、聽我道、

仙呂正曲【桂枝香】功名韁繫、身心萍寓、自憐倦鳥思還、誰念孤鴻天際、這愁懷怎除、（老旦）相公、把愁懷且除、（外）賽瓊、（小旦）有、（外）願你習嫻母諭、須要保全節義、（隨俗宜接）（以俗傳俗）謾思之趨庭、未見斑衣舞（外）勒鼎翻成墮淚碑、（副扮旗牌上）手捧紫泥書、達上黃扉府、門上那位爺在、（末）什麽人、（謙和狀）（副投帖云）都御史曾爺拜辭出京、（末接帖）少待、（副應介）（末）禀老爺、都御史曾爺、拜辭出京、（外）夫人賽瓊迴避、（老旦）苑內鶯簧方引調、（小旦）門前車馬又喧騰、（老旦小旦下）（外）曾爺到時通報、（末應外下）（末出云）來嗄、（副）在、（末）到門通報、（下）（副應下）（丑淨扮牢子引小生青素紗帽上）

仙呂引子【夜行船】萬里干（干去聲非）城膺重寄、拜元戎威權極矣、嵩洛腥羶闒

河鼎沸願挽天潢一洗下官右副都御史曾銑是也蒙差總制三邊特來拜辭閣下〔副〕急上稟云投過揭了〔小生〕打導〔副〕打導〔牢〕子低喝行到科〔副〕卸下〔牢〕子應下〔副〕那位爺在〔末上〕什麽人〔副〕曾爺到〔末〕曾爺（恭式）〔小生〕（亦恭式走近末急垂雙手）豈敢相煩通報〔末〕請少待擊云板太師爺有請〔外上〕到了麽〔末〕曾爺到〔外〕快請〔末應〕請曾老爺〔小生〕有勞〔末〕不敢〔小生〕趨步老太師〔外〕曾先生〔小生〕拂椅定坐老太師請上待曾銑叅拜〔外〕不消〔小生〕揖拜云職任三邊懼不勝〔外〕（末扶介）胸蟠萬甲素稱英〔小生〕國家重地淪亡久〔外〕捲土重來在此行看坐〔末應〕〔小生〕老太師在上怎敢坐〔外〕好說請坐了〔小生〕告坐了〔坐〕打深躬曾銑一介書生遂叨重任九邊將士並聽飛符誠一軍之皆驚愧六韜之未熟若不先叅帷幄豈能出掌貔貅敢此拜辭并求方畧〔外〕曾先生國家大事靼虜爲憂況此河套原爲我地不意已巳之變遂淪左衽之區上厪宵旰之憂下混華戎之辨誠臣子枕戈待旦之時也先生此去膺長子帥師之任愼上兵伐謀之機小則效鼂食以復其疆大則奮鷹揚以搗其穴倘能雪恥酹先王除兇耀千古不惟功在社稷抑且澤及生民矣先生勉爲之（着力介）〔小生〕謹領台命學生就此拜辭〔拜科〕

南呂正曲〔三學士〕親總王師辭帝里旌旗動鬼泣神啼破胡必用龍韜策積甲應將熊耳齊〔合〕〔外〕看取單于來繫頸將功烈鐵柱題

塞北干戈戰血紅、〔小生〕專征一面拜元戎、〔外〕長城萬里君須寄、〔小生〕管取天山早掛弓、〔外〕好、老夫專望捷音、請、〔小生〕不敢、〔外似送至二門式〕〔小生旁深躬云〕不敢、〔外〕嗄、恕不送了、〔小生躬〕豈敢豈敢、〔反退出〕〔外轉身分付末〕多拜上曾爺〔末應〕〔外下〕〔末快步出云〕家爺多拜上曾爺、〔小生恭裹云〕多拜上老太師、〔末〕是、曾老爺請、〔小生行末下〕〔老旦旦貼丑小軍執飛虎旗生〕淨扮將官執𫅇旗外末中軍官執令旗喝引吹打〔衆云〕請大老爺更衣、〔小生換帥盔紅蟒畢〕衆將官叩頭、〔小生〕衆將官聽吾號令、本帥親承君命總制三邊、肅清夷虜之塵、恢復河套之咎、但有不遵號令、不奉教條、或出而在前、或遲而在後、或妄言禍福、或泄漏軍機、或自相竊盜、或恣意喧嘩、凡茲有犯、罪在必誅、梟首轅門、以警其衆、（威嚴狀）（兩邊視介）〔衆〕〔低〕嗄、〔小生〕就此響砲起營、〔衆〕應吶喊行科、〔合唱〕

雙調正曲〔五馬江兒水〕〔又一體〕虎將親承奉詔、爲妖狐黨未消、且自揮戈、（約同）躍馬奮武揚驍、破蠻戎如削草、戰馬咆哮、旌導飄颻、只爲封妻蔭子、豈憚辛勞、祁連再無胡騎擾、風急雁聲高、江空日影搖、水遠山遙、水遠山遙、金勒馬嘶芳草、〔齊下〕

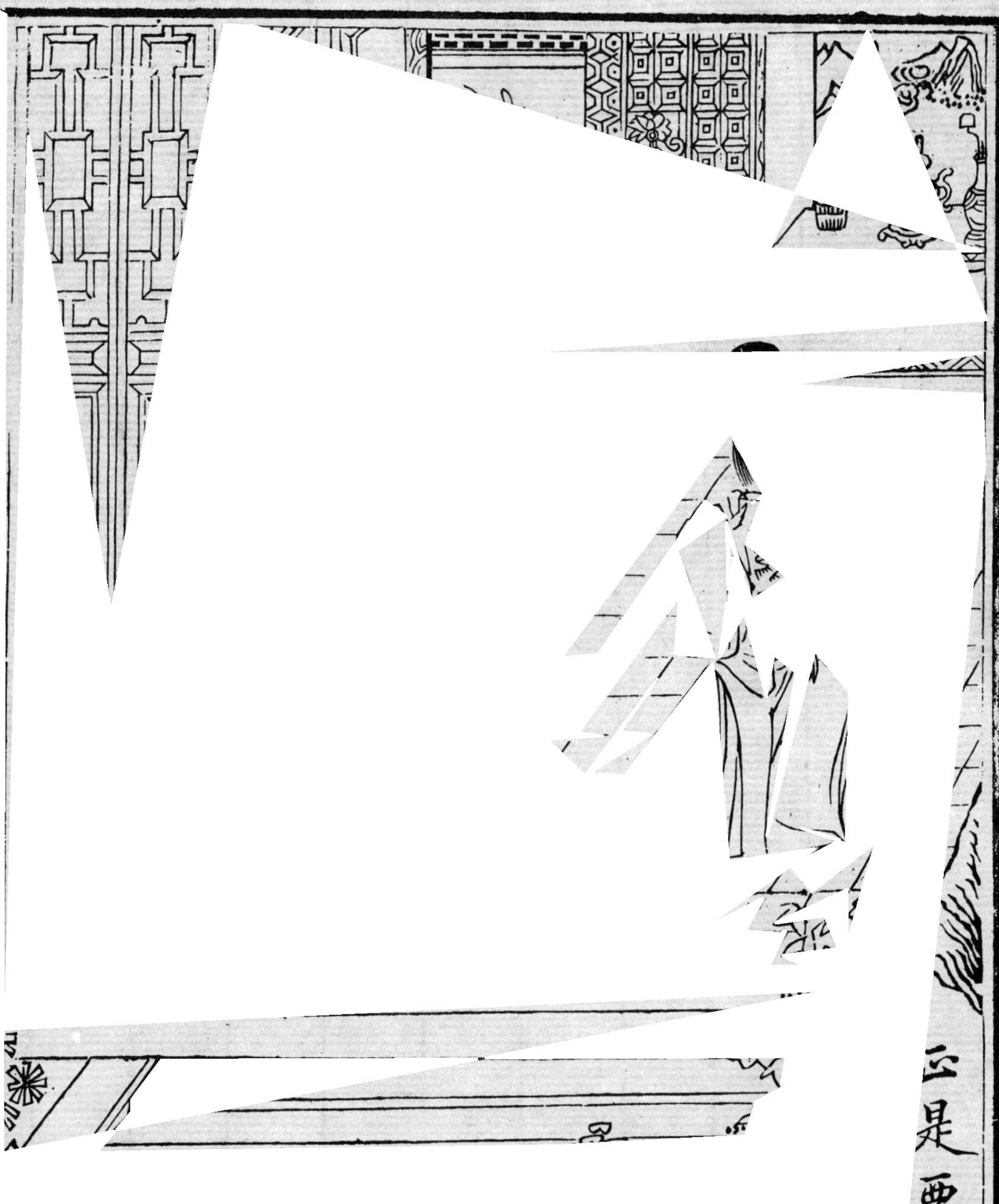
正是要為天下奇男子

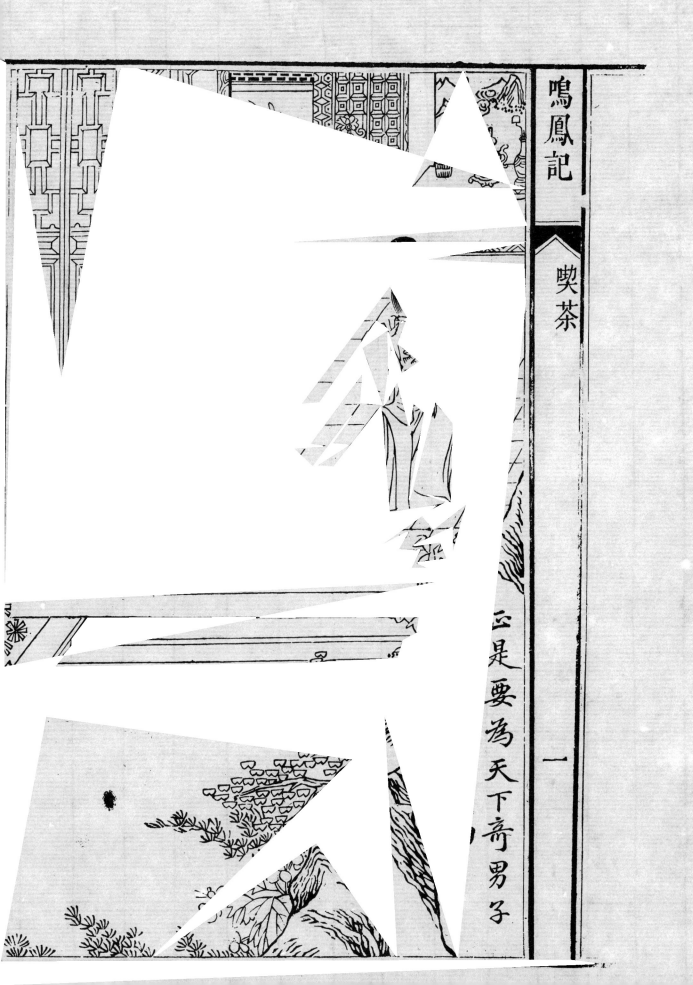

喫茶（生上）

商調引子【高陽臺】司馬清曹郎官節鉞微名已序鵷列光岳攸鍾須知要守全節【滿江紅】執笏彈冠相慶處、九重恩渥凝望眼豺狼當道漫縈心曲、謦雪常持蘇武節埋輪要挽張綱轂、恐須臾白了少年頭愁眉蹙、遇時艱何須卜事君數何愁辱笑談揮羽扇掃盡塵汚炎酷咫尺驚分奸佞膽一言寒却奸回肉看那時自在解朝簪、歸山谷、下官楊繼盛字椒山直隸容城人也、忝中李春芳榜進士除授兵部車駕司主事、夙秉精忠素性直官卑志大氣剛以此形容（怒目介）明大義近日夏太師欲慨復河套差都御史曾銑督兵前去、爭奈總兵仇鸞素蓄不臣之心每挾和戎之計、不肯發兵相

助、反欲交通馬市又將黃金三千兩買囑權臣嚴嵩內外同謀陰排曾銑、下官目覩巨奸、豈容不奏、先把仇鸞一本、就將此揭帖明告嚴嵩、使他知我假途滅虢之計、消彼得隴望蜀之謀、嗄嗄、豈豈非一舉而兩得乎、長班、（小生扮長班暗立上）應介（生）拿箇帖兒隨我到嚴府走遭、（小生應介生）正是要爲天下奇男子、須建人間未有功、（作行介到科小生挺胸疊肚驕傲縱橫狀）此間是了、（生）通報、（小生應）門上那位爺在、（末嗽介上）人來投見先叅我、要做高官須免咱、（小生投帖）兵部楊爺要見、（末接帖看介）呸呸、（小生出向生云）通報過了、（末笑臉云）楊先兒請了、（生正色云）管家、（末沒趣轉怒容朝上科生）太師可曾梳洗、（末作尷尬

樣〔云〕太師爺麽、不知可曾梳洗、〔生〕若梳洗了、相煩通報、說兵部楊主事要見、〔末〕你要見、〔生〕唔、〔末〕候着、唔唔〔虛下〕〔生向小生問介〕這是那箇、〔小生〕就是牛班頭、〔生〕可就是班頭牛信麽、〔小生〕是、〔生〕這廝見了我這等大模大樣麽可惡、〔末又上〕楊先兒呢、〔生〕唔管家、〔末〕俺爺梳洗了、〔生嗽聲竟入末攔住云〕梳洗便梳洗了、只怕不能勾相見哩、〔生〕怎麽不能相見、〔末〕俺太師爺說國有朝綱、門無私謁、〔生〕咳、這句話講差了、我今日此來若爲自己陞遷、爲之私謁、我爲國家大事、何者爲私、一定要見的、〔末〕既爲國家大事、何不到朝房中議呢、〔生〕吓、今日見過太師、明早到朝房再議、〔末〕呸呸、怪不得太師爺說得好、楊主事

一人到此、必定是造言生事、〔生〕嗄、當言則言、什麽造言生事、〔末〕嗄、多絮、門上的、打發他去、〔朝下場分付右手將帖丟出下〕〔小生忙拾起生大踱一步整紗帽大忿笑介〕哎呀 此笑最難應練習之 好箇納言的宰相、好箇納言的宰相、哈哈哈〔氣極〕這是怎麽說、〔冷介〕嗄是了、我昨日這本、到通政司掛號、想必趙文華這廝先來報知、今日故把我來峻拒、也罷、我如今就到趙文華家去、使他轉致嚴嵩便了、〔向小生〕快走、〔小生應生大踱氣急忒板唱〕

仙呂正曲〔六么令〕奸謀、肆志、增交通馬市、相欺、陰排曾銑、不與師忒無禮、太無知、諫臣一本除奸宄、諫臣一本除奸宄、〔作行到進中坐介小生〕有人麽、〔丑扮院子上〕通政衙門顯、常懸掛號牌是

那箇、〔小生〕楊爺在此、〔丑〕原來是楊爺、〔生〕通報說我在此、〔丑〕家（支吾式）爺不在、〔生〕那里去了、〔丑〕嚴府去了、〔生〕我纔在嚴府來、〔丑〕纔去的、〔小生〕敝爺轎馬都在此、〔丑〕是步行去的、〔生〕打這廝、〔小生應走近欲打式〕〔丑雙拳作搪〕打嗄、老爺有請、〔副冠裳上〕

〔仙呂引子〕〔番卜算〕尺蠖欲求伸卑汚須自屈昨陞通使與參謀職在司喉舌、〔丑〕兵部楊爺在此、〔副〕楊繼盛麽、〔丑〕正是、〔副〕囘他不在、〔丑〕囘他不在、把小人亂打、〔副〕他敢打你、囘他去、〔丑喝導介〕〔副〕狗才、〔丑〕老爺出來、〔生立起見科〕趙老先生、〔副〕楊先生、失迎了、請了、〔生〕請了、老先生在府、怎麽尊价囘學生不在、〔副〕學生其實纔囘、這小廝報得不明、什麽梁爺梁爺、〔丑〕小的原說是楊爺

〔副〕嗄、多多有罪了、請坐、〔生〕不多幾句話、站講了罷、〔副〕先生光顧、未免有幾句話、那有不坐之理、〔生〕既如此權坐、〔副〕坐罷了、什麽權坐、看茶、〔丑應介〕〔生〕老先生高陞了、學生還不曾奉賀、〔副〕惶恐、學生這樣匪才、不堪重用、〔生〕這等大才、（怒容帶刺介）故有此破格美陞、〔副〕惶恐、（心忤顏歡式）前日張碧台乃郞彌月、楊先生可曾去賀、〔生〕不去也罷、〔副〕這箇人情是要緊的、〔生〕咳、〔副唬背云〕那話勿得革了、茶來、〔丑應送茶介〕〔副〕不得手奉了、〔生〕不敢、請、〔喫介〕〔副〕先生這茶、〔生〕好嗄、〔副〕好顏色、〔生〕顏色雖好、只是不香、〔副鼻嗅介〕香便不香、〔喫荅嘴科〕到有滋味、〔生〕味雖有、只怕不長久、〔副〕走來、這茶是那箇烹的、〔丑〕茶童烹的、〔副〕把茶童跪着、〔丑應〕〔生〕這茶

也好、爲何把尊价難爲、副哽、先生不知、此乃陽羨茶、是聖上
賜與嚴太師、蒙東樓見惠與下官、那小厮不知、胡亂將來烹
掉了、把茶童様起來、丑應生哽、如此說、難道學生、喫不得此
茶、副呸呸呸、茶怎說喫不得、只是官有崇卑、故茶有高下、生
哽、世有炎涼、揖茶于地國有忠佞、重放茶杯丑接副換茶、丑
應下副先生賜顧、有何見諭、生請看此揭帖、便知來意、副敢
是送禮與學生、何勞厚賜、揖介生從來乏物交情、副招飲也
不得工夫、生從不與人會席、副如此什麼東西、生是上本的
揭帖、遞副副接不看背云這鬼竟又來取禍了、生就請觀一
觀、副即收袖內事忙、待學生燈下細覽、請問先生、但不知要

劾何人、生是邊上仇鸞、副可是仇總兵麼、生然、副是箇好人、
先生劾他什麼事情、生這厮按兵不舉、交通馬市、叛逆顯然、
豈容不奏、副咳、楊先生、如今做官、若要保全爵祿、還是淹慎
爲上、那些閒事、管他怎麼、生咳、老先生、說那裏話、我楊繼盛
呵、
商調正曲 高陽臺 性秉剛堅、副剛堅二字誰不要學、但如今的人也
學不來、生心貞氷潔、豈因五斗腰折、副爲着甚麼、生只爲當
道豺狼、副你又不是諫官、這本也儘罷得、生無人抗疏、能說
差、別却衣凍姦誠細事、羨昔日郭家金穴、你要盡忠、只怕慕虛
名、空言無補、笑伊愚拙、生怎麼說下官愚拙、副也罷、我與先生

打箇關節如何、(生)什麼叫關節、(副)嗄嗄嗄、這些還不曉得、(生)學生不解、(副)待我今晚燈下、寫書一封、連夜差人趕到仇總兵那里、說先生本上、如此恁般利害、叫他多送些金帛與你、這本不要上罷、(生)嗳、(副)啥、(生)怎麼這等小覷下官、(副)嗄金帛、怎麼說小覷、(生)莫說金帛、就是三公之位、我楊繼盛此心、斷易不轉、創竪睛裂式

【前腔】(換頭)我轟烈六尺微軀、一腔忠義肯使行汚名欽、(副)哎呀(白)(宜念)先生嗄、此本一上、倘然不准、下官到不好說得、(生)就說何妨、(副)只怕投鼠不着、誤傷其器、畫虎不成反類其狗、那時悔之晚矣、(生)嗳、(立起云)莫說有害、我楊繼盛就死、也是爲國

捐生、何慮粉虀骸骨、(副)迂濶、爲臣豈必烹五鼎、笑狂直比干宗絕、先生嗄、急回頭休思逆耳謾勞饒舌、(生)

【尾聲】封章明日朝金闕、從頭細將奸佞列、(副)呸、只怕未信君心你也空自說、(丑上)住着、啟爺、嚴府差人、請爺議事、(副向丑悄做三指手勢云)來了幾次了、(丑理會云)嗄嗄三次了、(副)說我就來、(丑應、副向生云)先生、本待再奉一茶、只是嚴府差人請下官議事、不得奉陪了、(生)咳、你念念不忘嚴府、恐被他人笑罵、(副)笑罵由他笑罵、好官我自爲之、(揖介)你性秉剛堅氣若虹、何須苦苦結寃讐、(生行云)安得上方斬馬劍、(副打躬云)恕不送了、(生轉看云)咏、盡教斬却佞臣頭、(下)(丑)楊爺去了、(副)去時

可說什麽、丑不好說得、副快說來、丑他說安得上方斬馬劍、盡教斬却佞臣頭、副嗄、他是這等講、楊繼盛嗄、你你這畜生、正是買乾魚放生不知死活、不是我老趙誇口說畧把嘴兒在嚴太師面前動一動、只教你忠臣頭兒谷碌碌滚將下來、丑老爺凡事不可預料、倘然聖上准了他的本、封了他大大的官、那時老爺就要喫他的虧了、副呀、這小厮到有遠慮、也不難、倘然准了他的本、陞了他大大的官、我老爺連忙撥轉身來、猶如奉承嚴太師一般、一樣戲了麽、難道他也怪我不成、丑如此好便好、只是太勢利了些、副你曉得什麽、作本鄉慈谿語當今時世、勢利爲先、我就做箇勢利頭兒何妨、富貴不可測、時勢須當識、丑老爺人前撒箇屁、也要看風色、介麽、副賊卵希看儕風色、打導到嚴府去、丑暗指副下

河套

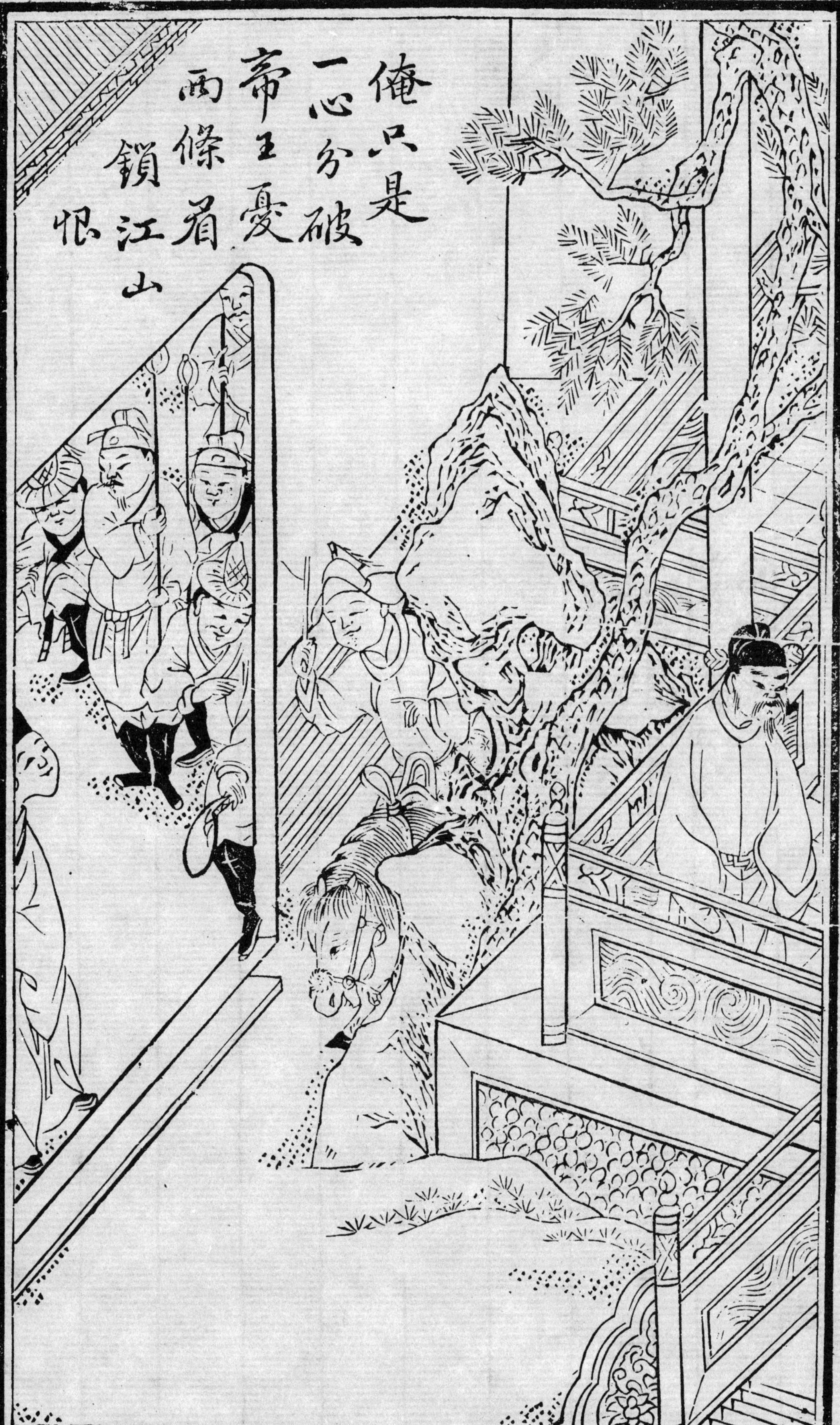
俺只是一心分破帝王憂兩條眉鎖江山恨

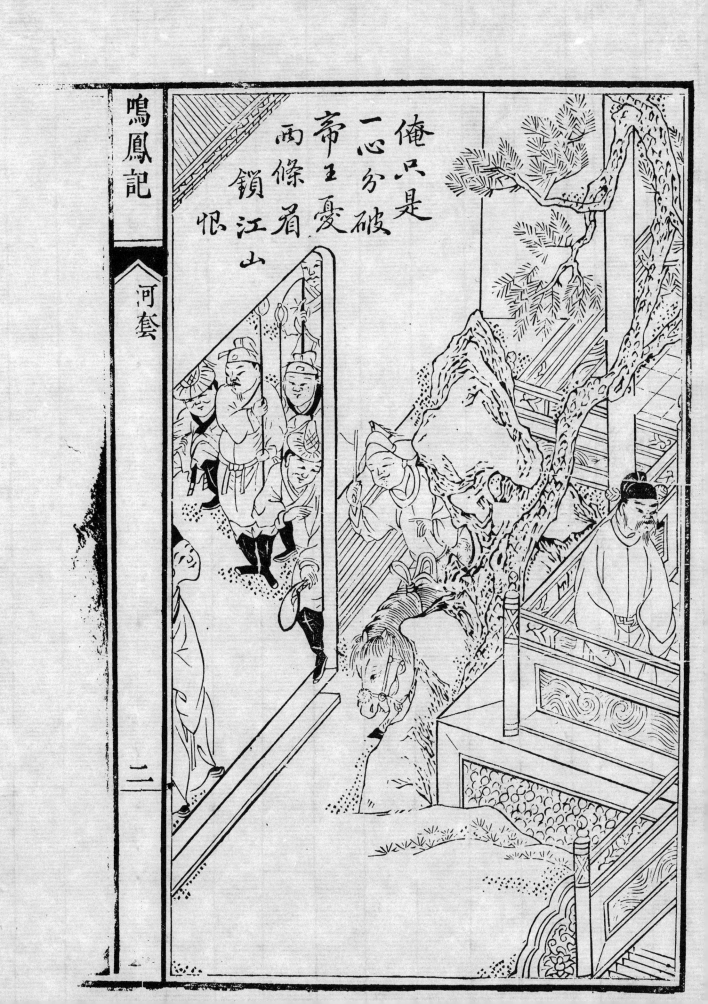

一切宰相之劇全要陪襯以顯正色威儀

河套〔外白滿鬍青花相帀佩印綬上〕
商調引子〔鳳凰閣〕官居台鼎、廣集衆思同輔政〔謾〕憂朔漠有王庭、還
懼朝端添憸佞〔衷心耿耿、保天府萬載無傾〕〔鬧金門〕愁脈脈、忽
見塞鴻飛北、旁午羽書盈案積、悶懷堆幾尺、不憚汗流終日、
豈作中書伴食、（怒目）朝內奸雄除不得、（憂容介）誰人同着力、我夏言志存
報國力恢河套、前日差曾銑督兵前去、幸他紀律嚴明、謀猷
練達、可謂文武全才、〔重云〕爭奈仇鸞這厮、按兵負固、不肯相
助、曾銑屢請援兵、又被丁汝夔等以固守城池爲辭、若再不
救援、前功盡棄、想是嚴嵩惟老夫執政、又忌曾銑成功、致令
邊將寢兵、英雄喪氣、如何是好、爲此今日特請老成部院商
議、且看嚴嵩議論若何、官兒、〔副扮堂候官暗上應介〕〔外〕各位

老爺請下了麽、〔副〕請下了、〔外〕到時通報、〔副應〕〔小生上〕
高大石調正曲改引〔窣地錦襠〕邊城塵土暗滄溟、勒石燕然未有人、〔末上〕
謾勞臺閣費經綸、補衮分憂志可矜、〔小生〕下官禮部尚書李本
是也、〔末〕下官左都御史周用是也、蒙夏太師相招議事、〔小生〕
不免進見、〔副〕各部院老爺到、〔小生末見科〕老太師、〔外〕列公、救
時無善政、〔小生末〕坐鎮有清風、〔外〕嗄、煩借匡扶力、〔小生末〕同
收擊楫功、〔外恭坐科〕請嗄、〔小生末〕告坐了、〔各坐打躬介〕〔老旦
旦小軍丑堂候拿帖引淨上〕
中呂引子〔菊花新〕親臣密邇佐明君、順旨承顏稱上心、邊塞羽書聞

但幸中原平靜、丑投帖先禀外後禀小生末科嚴太師到、外請、
二小軍下小生末出接躬科太師、淨列公請、小生末不敢太
師請、淨嗄嗄、占了、丑副嚴太師到儀門、外請進來、立起似迎
科淨趨數步云滿臉堆笑嗄老太師、揖介外强作歡容介介溪公淨學生有事來遲、
仰祈恕罪、躬介外阿呀呀、介溪公釋政而來、足仞盛情、淨不
敢、外恭請、淨恭嗄、阿呀老太師請、退一步落雙手外右手攤
似請式介溪公請、淨哈哈哈不敢、左手攤式讓外先走一步
各細走老太師請、外請嗄、淨請至下揖介老太師、外介溪公
小生末太師、揖介淨轉顧阿呀呀列公、勞待、小生末學生輩
禮應伺候、淨阿呀呀、欲與外拂椅定坐外不敢、淨嗄嗄、小生

末欲與外淨定坐式外先云淨後云各便罷、小生末從命、外
圓恭請、淨亦然請、各分坐打躬丑副上茶外請、淨小生末請、
各拿茶打躬介外各請、外欲喚看衆官兒、副放茶盤應介外
各位老爺齊了麽、副跪禀各位老爺都齊、還有兵部大堂丁
老爺未到、外再請、副嗄、淨住了、副應淨老太師、可就是丁本
彬麽、外正是、淨假意低頭云攝風穿牙唧、這便怎麽處、外嗄、淨學生委
他點盤軍器去了、外今日是來的嗄、淨照前唧、只怕今日不能進
見了嗄、外嗄、今日是他職分之事、也該來一議、拿茶挑沉吟
話哂、唧、他他爲甚麽不來呢、淨這軍器也是要緊的、學生委
之在先、望老太師鑒原、外冷顫頭科嗄、既是介溪公有所委

託、（淨）是、（外）罷了、（副應）（淨）阿呀呀、多謝老太師、（外）豈敢、請、（各）請、（喫丑副接杯各打躬丑副下）（淨看外看小生末云）這箇學生等、蒙老太師見招、不知有何台諭、（外）嗄、介溪公你還不知、（淨）學生不知、（外）那胡虜犯邊、烽烟不息、督臣待救、帷幄無謀、皆你我兩人之罪、如何是好、（淨）嗄、原來爲此、嗄嗄嗄、（奸意）列公請、（小生末）不敢、太師請、（淨）公議嗄、（小生末）太師請、（淨）占了、（小生末）不敢、（淨）老太師、醜虜陸梁自古有之、三皇不能化誨、五帝不能程督、故漢室和親、唐家納幣、典午當襄、五胡雲擾、靖康失討、二帝蒙塵、覩此虎狼之威、終是犬羊之類、今日之禍、必是梟悍守臣、不遵朝命、效甘延壽之開邊、蹈馮奉世之生

事、致使虜騎長驅、犬戎犯順、然小醜盜弄潢池、終無能爲也、（外）爲今之計呢、（淨）爲今之計、不過戒嚴將士、固守城池爲上、若使戀戰貪功、必致喪師辱國、何如、明先王荒服之道、峻四夷出入之防爲長、嗄、哈哈、老太師以爲何如、（外先搖首科）介溪公差矣、（淨擡首看復低頭帶慚容低云）嗄、差了、（又低笑）哈哈、（看小生末）差了、（外）先王守在四夷、謂彼此各有界限、王者不治夷狄、謂華夷不可相侵、未聞中國淪喪、置而不較者、故石敬塘獻地契丹、罵名萬代、金國主捐燕蒙古、遺臭千年、況此河套一方、沃野千里、我祖宗披荆帶棘、開創何難、到子孫束手閉門、委棄甚易、赤子蒼頭悉爲左衽、玉容粉面盡被

暱殭、（悲憤聲云）迢迢古道積橫屍、凜凜朔風飄怨血、此誠我臣子不忍
見聞者、秦襄僅春秋之一國、尚欲復九世之仇、賈誼爲洛陽
之少年、猶思繫單于之頸、（淨）嗄、嗄、嗄、（外）我和你旣事聖朝、忝
爲宰相、固宜滅此而後朝食、乃甘於喪師失地、天下後世謂
我等爲何如人也、介溪公、（淨）阿呀呀老太師、（外）請自思省、（淨）
唧、嗄、嗄、嗄、（向小生末云）老太師言得極是、嗄、只是還有一講、
（外）嗄、（淨）大抵建功立業、也要度德量力、（向末）趙有李牧、匈奴
不敢近邊、（向小生）蜀有孔明、南人不敢復反、苟非其人、必難
成事、况河套之失、咎在前人、（外覛地搖首氣科）（淨）今旣沒於
北虜、卽爲朔漠之鄉、得其人、不足臣、得其地、不足守、故牛僧

孺不受悉怛、賈捐之請棄珠崖、古人所爲、必有定見、我國家
四海盡屬版圖、何在彈丸黑子、百萬日增戶口、那須屑爾蒼
生、若追踰垣之賊、必引斬關之盜、（睜目云）曾銑、（迂儒口氣介）（外開眼覛淨）
（淨皺眉搖首科）咳、不過是白面書生、未嫻軍旅、嗄、（外擺身轉
云）嗄、他還未嫻軍旅、（朝上）（淨）唧、這箇前旣輕爲、以取其敗、豈
可重發、以喪其功、（鼻笑）呸呸呸、（外）依公處之便怎麽、（淨）若依
學生的處、不敢、還是老太師請、（外）請、（淨）嗄、嗄、哈哈、列公嗄、若
依下官處之、必須先斬曾銑、（睜目介末小生毛骨悚然式）（外擡頭挣眼）（淨）韃虜不攻自退、
何須耗費國家許多錢糧、哈哈哈、（外）（怒目響聲介）嚴介溪、（淨）老太師、（外）你
（急式）如此說、南朝可謂無人矣、（淨看外鼻中冷笑）呸呸呸咳、（慢式）還有

二陪襯要張躍得好

第一笑如海底雷鳴第二笑巨風擊浪第三笑魚躍

嘎還有、(低頭右手捋鬚撚鬚尖看)(外)大抵、子不能爲親承家、卽爲不孝、臣不能爲君開國、卽爲不忠、故獻納二字富弼强爭、雎陽一城、張巡死守、忠臣賢將、何代無之、顧用與不用耳、道濟若存、胡馬豈容南牧、李綱見用、趙家豈至北轅、若中有忌功之臣、則外無建奇之將、盧杞用而懷光叛、秦檜相而岳侯死、豈豈非孤忠被誣之故與、今曾銑有樂羊子之忠、不免謗書一篋、(向淨云)仇鸞有姚令言之悍、反加錫命三章、(淨冷笑捋鬚)(外)咳、忠邪莫辯、(襯淨轉向小生末云)用舍不明、時事可知矣、我老臣不能爲玉燭於光天、豈忍見銅駝於荊棘、哈哈罷、我明日奏過聖上、親總六師、鞠躬盡瘁、死而後已、不必議了、(小生末)老太師、還請再議、(外)嘎、議什麽、不不必再議、(氣極搖手立起朝左衆俱立起)(淨擡眼看外立卽立起云)阿呀呀、老太師、且不要發惱、自古道順天者存、逆天者亡、皇上久厭兵革、方與邵眞人修延熙萬壽淸醮、老太師執意要興兵、可不先已逆天了、(朝上)(外攙小生末手走上云)列公、聽他言語就見心迹、正所謂長君之惡其罪小、逢君之惡其罪大、(淨聽對右橫阿啃)(外)皇上修眞打醮、(看淨右指云)必自小人導之、(朝左)(淨)嘎哈哈、小人怎到得聖駕跟前、(外)則、則你你就是閉門修齋的王欽若、(小生末)老太師請息怒、(淨)嘎(急怒)哈哈哈(高)哈哈哈、呵呵呵、列公、(小生末)太師(淨)老太師把下官比

紐首恨介

俗作變非

波花此一笑非半載奇功再不成也

做王欽若嗄哈哈哈、罷麼、我甘心認了王欽若、哎呀、只是老太師不該謗毀明君嗄、（外）嗄、

高宮套曲【端正好】您道俺謗明君違天命、不知是那一箇諂佞公卿把君權侮弄乾綱紊、間沮了忠勳、俺這裏兀登登按不住心頭忿、（淨奸意介）嗄哈哈哈這也不必、（小生末）老太師請息怒、（外）效微忱擲死捐生、做不得拂鬚綵政、俺待要對天朝明訊干（俗作于非）君聽、（淨）我和你同爲宰輔、只是未達一間耳、也不要太欺侮人嗄、哈哈哈、（外）

【倘秀才】俺這裏持身剛正、你說甚麼太欺人、（淨向小生末云）太欺人太欺人、（外）誰知是你們作釁、（淨對小生云）作何釁嗄、哈哈哈、（又向末云）作何釁來、哈哈哈、（外）俺和你矢天日辨箇忠誠、（淨側恭云）請教、（小生末）老太師此心表表可見、（外）俺待學會澶淵、提着過河兵、（淨）請教、（外）俺待學擒元濟、安着淮蔡民、（淨鼻中冷笑）呸呸呸、咳、（右手彈帶搖頭）只怕不能彀嗄、（外）祗爲那金甌破損、你不救曾銑、（淨）請教、（外）却不道把檀道濟壞了長城、（淨得頭笑）嗄哈哈哈、（小生末）足見老太師憂君爲國之心、（外）俺只是一心分破帝王憂、兩條眉鎖江山恨、（攙小生末手）列公、祗看俺雪鬢星星、（淨）嗄嗄、老太師往常比奸比忠、把自已呢比做忠臣、啣、眼前那一箇是奸臣呢、（外）則你就是、（淨）嗄、我奸、噢、噢、請教、（外走近）你你還說不奸、（淨）請教請教、（小生末）老太師

請息怒、(外)
滾繡毬 你鬬私門賄賂行(淨)那些科道怎容得我、(外)閒說、半朝臣皆從順(淨)阿呀呀列公太言重了嗄(外)你狠吞虎噬傷殘了萬民百姓(淨低搖頭)阿唷唷(外)害得那有功臣百事無成你是箇老秦丞再生奸佞(外指淨)(淨退云)嗄嗄嗄、又又又是秦檜了哈哈哈(左手掇帶右手垂袖踱上走下)又又是秦檜、哈哈哈(又鼻笑)(外)私寢邊兵迎合着君王性何異那守天雄束手無門(小生末)老太師請息怒嚴太師必無此心(外)則教你一時富貴如朝露萬古奸回遺臭名 嗄嗄仔細評論(居中朝下立)(淨朝上立冷咳嗽介)嗄、老太師這等論是大忠臣(冷看小生末)學

生不消說是奸臣了、罷我奸臣且退讓你忠臣多做幾年、如何、(轉正)列公、下官先別了、(小生末揖介)(淨)要爲匿怨求名士、行出(小生末)太師請轉、還請再議(淨轉身向小生末云)嗄、阿呀呀列公嗄、方纔老太師、把自已比做裴晉公寇萊公是忠臣、把下官比做王欽若盧杞、又是秦檜、教那一箇(搖頭)呵呵呵當得起、(小生末)請息怒、(淨)罷且做吞聲(撒起右袖重云)下(文)咬在喉中念忍氣人(內喝導怒氣下)(小生末打躬送)送太師、(進云)老太師、嚴太師去了、(外整冠朝上)南渠白川二位、這斉雄竟自去了、我明日親自面君先除奸佞然後行師、(小生末)老太師、自古道去河北賊易去朝中朋黨難、還請慎重爲上、(外)列公、還

不曉得我平生剛介倘有不虞何惜一死、我夏言呵、

【煞尾】猛拚拾着殘生命」不學他覥覥依回苟祿人」接踵奸雄與日增」翹首邊塵何日淸」怕聽西風胡馬鳴」忍見中原戰血腥」誰犯龍顏願剖心」誰向燕山去勒銘」追想高皇萬苦辛」［着力酸心啼淚介］（淚下）（二生亦哭）可惜了二百年的基業無人整」阿呀將俺赤惺惺（末小生）一片丹心化成灰燼」

（外）籌邊無計問如何（小生末）忠佞由來是兩途

（外）酒逢知已千鍾少（小生末）話不投機半句多

（外）列公方纔那奸雄、就是話不投機半句多、（小生末打躬）告辭、（外）正揖、請、（轉身下）（小生末出）（小生）云）難議嗄、（末）便是、

大丈夫在世也須要
烈〻轟〻做一場

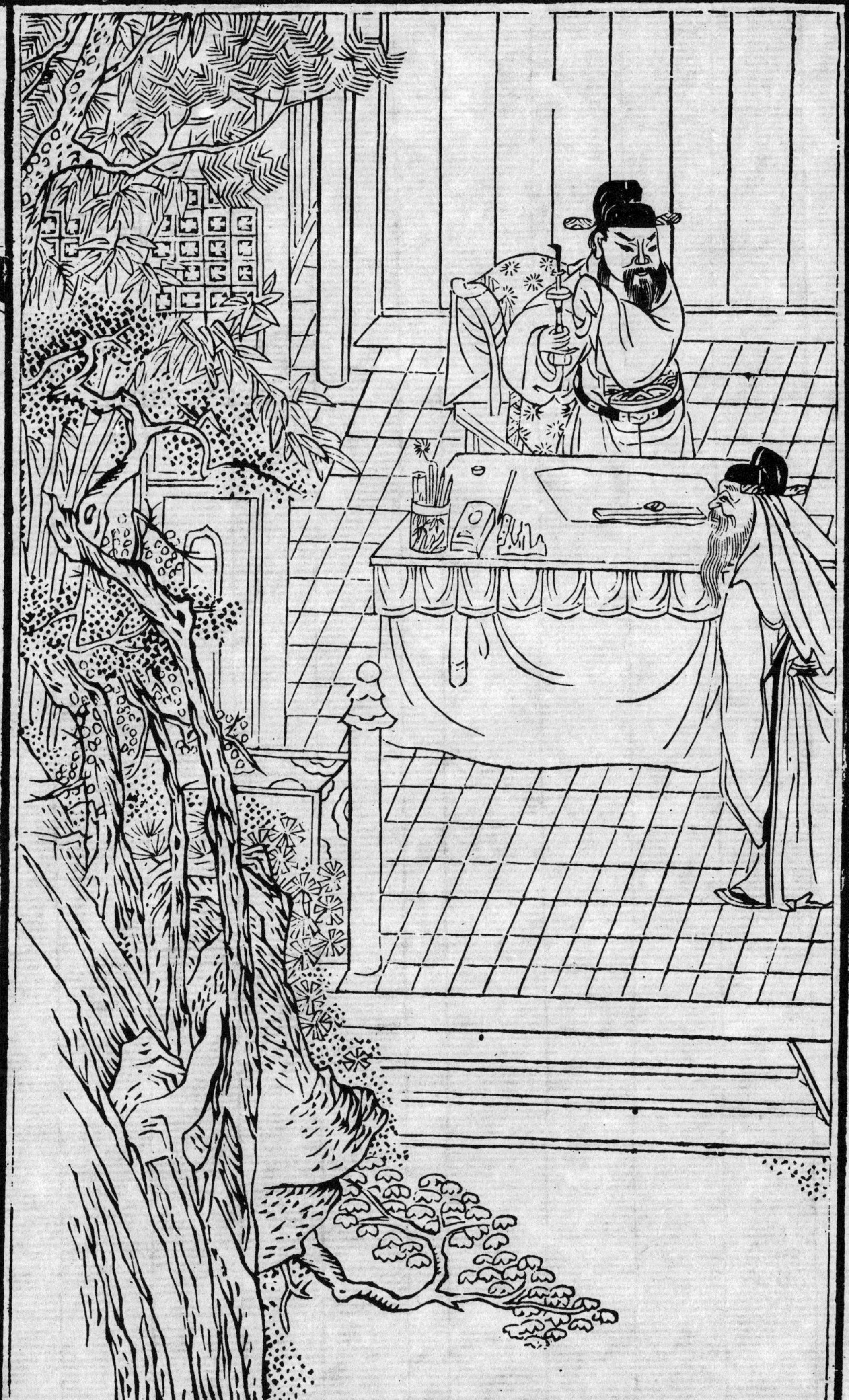

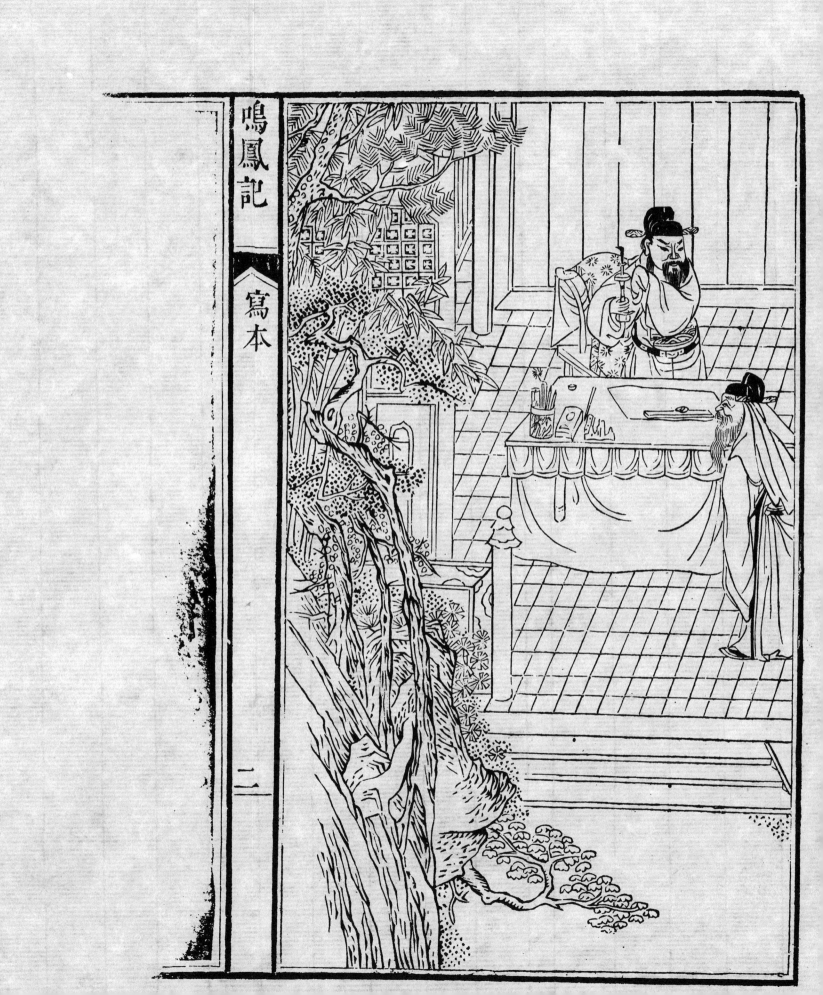

寫本〔生圓領上〕
〔正宮引子〕〔緱山月〕天步有乘除，仕路如反掌。豺狼盈帝里，筆劍須誅攘。〔訴衷情〕〔進桌正坐介〕三年宦興落風塵、事業曉雲輕、昨將舊冠重整、義氣滿乾坤、悲栖楚羨溫生笑楊城、萬言時事、千古高風、一片丹心、下官楊繼盛、向爲諫阻馬市、謫貶萬里邊城、今因仇賊奸謀敗露、欽陞孤臣爲兵部武選司、員外郎之職、竊喜不死逆鸞之手、以爲萬幸、而又轉遷如此之速、則自今已往之年、皆聖上再生之身、自今以往之官、皆聖上特賜之恩也、哎呀、既已感激天恩、敢不捨身圖報、目今蜥蜴雖除、虎狼入室、嚴嵩父子秉政弄權、妬賢嫉能、誅戮上干首相、賣官鬻爵、取利下盡錙銖、以刑餘爲腹心、招羣奸爲子弟、唔、若不早除奸黨、必至大害忠良、向日王宗茂徐學詩沈煉等、雖常劾奏、不過止言其貪汚而已、若其大逆無道、聖明尚在未知、下官目覩其奸、豈容坐視、今晚燈下草成奏章、明早上瀆天聽、倘蒙見准、朝野肅清、在此一本也、這奸賊僭竊多端、正所謂罄南山之竹、書罪無窮、決東海之波、流惡難盡、只這一幅有限奏章、教我如何寫得盡、
〔仙呂正曲〕〔解三醒〕恨權臣協謀助黨、專朝政顛覆乾綱、我寫不出他〔欲寫介又停式〕滔天的、深罪樣、寫不出他欺罔的、暗中腸、這廝罪惡顯著、誰箇不知、教我從那一款寫起、嗄有了、〔書科〕只寫他一門六貴同生亂

更兼他四海交通貨利場、（合）還思想、畢竟是衷情剴切面訴君王、（作右指抖痛介）吓、纔寫得幾行、手指就疼痛起來、嗄、前日被問官栲折、終不免有些傷損、嗳、莫說疼痛、就死何辭、

（前腔）嘆孤臣溝渠誓喪、祗爲那元惡猖狂、我楊繼盛雖非諫官、我若不言、再無人言矣、惟當朝無肯攀庭檻、有誰箇敢牽裳、（血出染本急放筆將衣拭介）我又寫得幾行、手指就流出血來、咳、且由他、一心要展擎天手、（捧血介）管不得十指淋漓血染章、（合）還思想、只須這淚痕血迹感動君王、（細看科內作鬼聲介第一聲如無聞第二聲知覺放本嘆）（科）小廝丫鬟、（鬼又叫作奇狀）吓、四顧無人、是何聲也、

南呂正曲（太師引）細推詳這是誰作響嗄、我曉得了、是我祖宗的亡

靈、恐我有禍、教我不要上此本、我心中自忖量、敢是我亡親垂念、咳、我的祖宗、但願你子孫做箇忠臣義士、須教你萬古稱揚、嗳、大抵覆宗絕嗣、也是箇大數、何慮着宗支淪喪、（鬼哭聲叫）（生氣）咻（不笑佳）咻咻、縱然恁哀鳴千狀、我此心斷易不轉、怎阻我筆底鋒芒、我猛拚一死、也強如那李斯夷族趙高亡、（末紗帽圓領白三髯扮鬼魂垂手上向生哭介）（生）哎呀、不惟聞其聲、抑且見其形、

（前腔）（換頭）這是幽冥誰劣像、你在此現形呵、（極重怒介）似教我封章勿上、雖然如此、怎當我讜言方壯、（鬼作悲狀）（生）鬼、你去罷、休休、得要在此恓惶、（照介放燈）我曉得你也不是什麼鬼、敢是我忠魂游

蕩到此時做、厲鬼顛狂近前來、〔鬼近哭〕〔生〕人生在世、左右一死、呸、生如寄死誰曰難、須知道安金藏剖腹屠腸、〔鬼打滅燈火下〕〔生看火滅坐冷笑〕哈哈哈、小廝掌燈來、丫鬟掌燈來、〔正旦掌燈急上〕

〔南呂引子〕〔生查子〕良人素秉忠、封事頻頻上、清夜謾勞神、幽闇添悲愴、〔生〕掌燈來、〔正旦〕相公、燈在此、〔生〕取來、〔不用哇〕〔接燈照右上角〕呸呸呸、〔走介〕〔正旦〕好奇怪、〔生又照左上角〕好奇怪、〔正旦〕什麽意思嗄相〔從生背後叫生似驚式〕唬、〔正旦〕是妾身、〔生〕夫人、緣何自家秉燭、〔正旦〕此際已將夜半、丫鬟們都已睡熟、妾聞相公在此喧嚷、故特秉燭而來、〔生〕夫人、下官方纔在此寫本、只聽得

幽冥之中、漸作鬼聲、少頃忽見燈下現出一鬼、峩冠搏帶、似有悲切之狀、竟把燈兒打滅而去、〔正旦〕此事甚奇、恐非吉兆、請問相公寫何奏章、〔生〕此乃國家大事、非夫人輩所知、你問他怎麽、〔正旦〕〔緩諫科〕妾聞皐夔稷契、優游無事、謂之良臣、龍逢比干、因諫而亡、謂之忠臣、妾願相公爲良臣、不願相公爲忠臣、〔生〕夫人、忠良本無二理、顧臣之遇與不遇耳、皐夔稷契、遭逢堯舜、故得吁咈一堂、設使當龍逢比干之遇、敢不竭忠盡諫、〔正旦〕〔正諫科〕妾聞君子見幾、達人知命、陳平不爲王陵之戇、卒至安劉、仁傑不爲遂良之直、終能祚唐、王章殺身、忤王鳳也、鄴侯寄館、避元載也、况相公職非諫官、事在得已、縱然要做忠臣、且

養其身以有待如何、（生）（直言介）夫人食人之祿、當分人之憂、苟利社稷、死生以之、（怒容式）呂奉先爲國而殺董卓、鄭虎臣爲民而誅似道、匹夫尚然有志、直臣豈容無爲、我自草茅韋布之時、常恨不能見用、今見用矣、猶曰、彼非我職而不言、是終無可言之時也、况今言路諸臣、不過杜欽谷永者流、摭拾浮詞以塞責耳、若我坐視、那元奸大惡豈能除去、（正旦）呀、（立起急科）察言觀色、洞見其中、相公此本、（輕云）莫非要劾那嚴老麽、（生）然也、（響應之）（正旦）（苦諫科）相公、但投鼠必忌其器、毁櫝恐傷其珠、嚴嵩寵固君心、賄通內監、夏太師且受其殃、曾御史並遭其毒、今上既信他大詐若忠、必罪你居下訕上、倘觸犯天顏、恐禍生不測、鬼形悲泣未必無

爲、相公請自思省、（生）嗄、（聽旦言介）你還不知我平生心迹、貪生害義、即非烈丈夫、殺身成仁、纔是奇男子、况爲臣死忠、乃我之分、今日之本、我非僥倖不死、沽名弔譽、要將頸血濺地、感悟君心、倘能剪除逆賊、得與夏曾二公報讐、我楊繼盛就喪九泉也瞑目矣、夫人何必苦苦相勸、（正旦）相公嗄、你若堅執如此、恐我夫婦死無葬身之地矣、（悲科）

黃鐘正曲（啄木兒）聽哀告說審詳、（生）婦人之言、不可聽信、（正旦）自古從容就死難、（念）曾公忠義遭傷、（痛）夏老爲國身亡、（看）滿朝密張羅雉網、前車已覆須明鑑、阿呀相公嗄、休得要無益輕生絕大綱、（生）（憤科）

〔前腔〕你何須泣也、不用傷、論臣道須扶綱植常、罵賊舌不愧常山、殺賊鬼何怯睢陽、事君致身當死難、〔正旦〕相公、難道兒女也不顧了、〔生〕咳、你休將兒女情牽絆、大丈夫在世、也須要烈烈轟轟做一場、〔正旦〕

〔三段子〕你此心何壯、矻睜睜銅肝鐵腸、我這苦怎當、哭哀哀兒啼女傷、〔生〕夫人、你譬如杞梁戰死沙場上、其妻哀泣長城斷、却不道千載賢愚、〔笑介〕總堆黃壤、〔正旦〕

歸朝歡兒夫的、兒夫的節重義堅、頓忘了終身依仰、從今後、從今後未卜存亡、是伊家自詒災禍、倩誰祈禳、〔生〕我明朝碎首君前抗、夫人、我死之後、將我屍骸暴露、休埋葬、〔正旦〕這却爲何、〔生〕古人自以不能進賢退不肖、旣死猶以屍諫、下官亦是此意、須把我義骨忠魂瀆上蒼、一心爲國進忠言、〔正旦〕休觸天威犯御顏、〔生〕此去好憑三寸舌、〔正旦〕相公還是不可、〔生〕唔、再來不值半文錢、掌燈、〔撇正旦執笏下〕〔正旦〕相公嗄、〔拭淚〕

〔南呂引子〕哭相思今朝不聽妻言語、來朝定有悽惶淚、〔拭淚下〕

抒忠
藎倡義
搴丹書
彤管千
古題

借餉〔老旦穿蟒佩劍執拂愁容上貼扮小監捧筆硯冊盤隨上〕〔唱〕

仙呂正曲〔六么令〕〔又一體〕太倉久虛、呼癸呼庚無計施、爲九重特命下彤闈、〔白〕咱家司禮監王承恩是也、只因流寇漸至神京、禁衛之兵、雖有數萬、皆是老弱殘疲之輩、今欲招兵聚糧、方可禦敵、怎奈倉庫空虛、難辦無米之炊、因此聖上特命咱家傳集各勲戚大臣、商議助餉之策、此時想已到了、孩子、〔貼〕有、〔老旦〕快到天順門去、〔貼〕是、〔老旦〕〔唱〕忙迤邐下丹墀〔合〕殷勤勸勉輸金幣、殷勤勸勉輸金幣、〔作到進式貼將筆硯冊放左横桌上盤放地立傍介〕〔淨赤擺套翅紗帽白鬍連唱上〕

〔前腔〕天家貴戚、玉食錦衣安享朝夕、鵷班首領恁威赫、〔進介見白〕王公公、〔老旦〕老皇親、〔淨立右上老旦立中畧側揖介〕〔淨〕老公公喚我都猜着了、〔老旦〕嗄、竟知道了、〔淨笑介〕哪、〔唱〕不是賚金玉定是賜珍奇、〔老旦冷笑白〕你應該早來、〔淨〕我麽、〔唱〕〔合〕在綺羅叢裏時時醉、綺羅叢裏時時醉、〔笑介老旦白〕咳、好受用嗄、如今流寇兵馬將到保定府了、你還不知道麽、〔淨〕嗄、有這等事、哎呀、我卻不曉得、〔老旦〕爲此咱家呵、〔唱〕

雙調集曲〔孝南枝〕〔孝順歌首至七〕北曲寬猛而唱做 奉君王命出禁闈、〔淨白〕聖上命公公來何幹、〔老旦連唱〕只爲賊兵如山壓帝畿、指日間鳳闕卽摧危、龍城卽崩碎、合宮驚悸、〔淨撚鬍喬愁式白介〕嗄嗄嗄、〔老旦〕可憐萬歲爺和娘娘呵、〔淨〕假閙科 便怎麽樣、〔老旦唱〕旰食宵衣憂惶勞悴、〔淨

〔虛認眞白〕哎呀、作速差兵退敵便好、〔老旦連唱〕〔鎖南枝四至末〕怎奈
將寡兵微、更兼糧餉無接濟、〔淨白〕哎呀、這箇是要緊的嗄、〔老旦〕
便是、只因太倉久虛、內帑已竭、左右支吾、無可措辦、〔淨〕怎麽
好、〔老旦〕因此聖上特命本監前來、傳集各勳戚大臣、商議助
餉之策〔淨聽作驚用大小眼側頭不理式老旦帶笑軟言云〕
嗄、老皇親、要你做箇首倡哩〔淨驚垂左臂搖右手退云〕哎呀
呀、難做的、難做的、〔低頭對上〕〔老旦唱〕〔合〕望你捐私、橐濟國危、
〔淨低首搖歎介〕〔老旦白〕待國家安逸了、〔唱〕少不得倍酬償還
要獎忠義、〔淨〕哎呀只是一說、我又不掌朝綱、操國柄、就靠每年
支這幾擔祿米、幾兩俸銀、還不彀家中用度、那有什麽餘資、

要我助餉介、喲喲喲〔喬面對上〕〔老旦微怒畧剛云〕嗄、老皇親、近淨重云
你位極人臣、寵冠百僚、自當首倡義舉、要你與國家出一臂
之力、〔淨〕難嗄、〔老旦烈烈唱〕
〔前腔〕〔孝順歌首至七〕抒忠藎、倡義舉、丹書彤管千古題、〔淨白〕老公公那
銀子是勉强不來的、我家中沒有嘿、難道含怒軟云教我賣身不成、嘖
嘖、〔老旦按氣〕老皇親、你與國家休戚相關、國安則家安、苦念國
硬云危則家危、〔淨〕沒有嘿、也沒法嗄、〔老旦緊唱〕帶礪係安危、你休老奸愈侵
戚應非細、〔白〕國家若不保、〔唱〕郤不道山傾玉毀〔淨冷白〕老公公
我是閑官冷宦、那有什麽所蓄、難道聖上和娘娘不曉得的、
〔老旦〕哎呀老皇親越急介你不見外邊那些文臣武將、拚身捨命、拋

家棄產、爲國勤勞你是國家至戚、怎麽反如此坐視起來麽、（怒云）
（淨對上肩動）教我怎麽樣呢、（老旦唱）早難道兩手堅持你從
傍冷覷、（淨打響涕噴介）（老旦白）萬一流賊打破城池、（唱）鎖南枝（四至末）
縱有金穴銀山、哎呀、那時成何濟、（白）不可執性了、（拍淨肩）（對左不採介）
淨低云肩動）當眞沒有、（老旦急白）當眞沒有、（淨對老旦）沒有
嘿沒有了嗄、（老旦忿欲呸淨式）呀（含住對外）（背云淨退聽介）呸我想外戚如
此、國事去矣、（作悲）只管與那鄙夫說什麽、（唱）（合）含悲楚揾淚
珠對西風慢揮涕、（拭淚退下）（看淨白）孩子、（貼）有、（老旦）把守宮門、等別位來
再講、（虛下）（貼應趕式俗用關門非）出去、（立下場介淨側看老
旦無趣出門式）哎呀且住、看他憤憤而去、倘然奏知聖上、見
罪起來怎麽處、也罷、我如今奏出萬金自去獻上、諒他央不
見怪、嗆小公公、（貼亦怒色）怎麽、（淨）去請王公公出來、（貼尷尬
看淨轉對下）公公有請、（老旦上見淨怒意）嗅咱怎麽、（淨笑云
老公公、老夫一時昏憒、望公公勿罪、我如今回去將家私變
賣、（儘力式樣）攢湊萬金助餉、望公公好好的奏上、兼與中宮說知、（老旦
轉怒爲喜攙淨手云）老皇親、（淨）老公公、（老旦）不是咱家得罪
你、你職分應該（軟云拍肩）如此、（淨得頭）是是是、請了、（出介）咳、這是那裏
說起、（下）（老旦進桌作寫簿上式仍走出外國公帽蟒蒼鬍上）
疾風知勁草、版蕩識忠臣、（進見介）老公公、（老旦）老先生、（各揖
介）（外）請問有何聖旨、（老旦）咱家奉旨、只因流寇臨近、太倉久

虛、特命咱家傳集各勳戚大臣助餉哩、（外爽直云）老公公、本爵累歲日用之餘、二十多年、積蓄三萬餘金、情願盡行交納、以助軍餉、（老旦駭悅）嘎、難得如此仗義、（外）理應如茲、（老旦）也罷、待咱家奏聞聖上便了、（外）（對衆云）多謝公公、請了、（老旦）請了、（外下）

（老旦進桌寫介副丑相弔青花白鬚同上）平明登紫閣、日晏下彤闈、（進介見老旦揖）老公公、（老旦立中揖介）二位老先、（副丑）（立兩傍）請問有何聖旨、（副丑奸笑）（老旦）咱家奉旨命各勳貴大臣捐輸家資、以充兵餉、爲此特請二位到來首倡哩、（副丑着急狀）老公公念我二人呵、（唱）

前腔（孝順歌首至七）年衰邁清且癯、在黃扉供職兢兢調燮理票擬贊

樞機、平章軍國計有限的祿薄俸微、（老旦白）嘎、二位乃一人之下、萬人之上、權侔人主、富堪敵國、就捐三五萬金、打什麼緊、（背立介副丑附耳做手勢介云）嘎、承老公公勉諭、不好違命、待我二人回去、設處百金來呈獻便了、（老旦急轉身又問副丑又云老旦笑）也不彀軍中一餐小菜、要他怎麼、（背立副丑呆詐云）嘎嘎、若嫌少學生們不敢奉命了、（似出門式老旦急轉身招）走來、（副丑慢退兩邊低頭老旦）這是聖上的旨意、誰敢違拗、你們平日在朝、受了大俸大祿、今日國家有難、就捐助些也不爲過、當初張子房破產、爲國報讐、張巡許遠烹童殺妾、以犒軍志、二位乃元輔、怎麼反如此起來麼、（唱）那些箇

爲國、捐軀、成仁取義、（鎖南枝四至末）枉了紆紫、拖朱、在三台蹁躚、（副丑白）老公公不是我們慳吝、其實囊無所蓄、（老旦）二位平日所爲、瞞得別人、瞞不得咱家、也罷、待咱家替你們寫了罷、（進桌欲寫副丑急攔）老公公寫多少、（老旦正色云）每位、（副丑）唔、（老旦）一萬、（即寫介副按冊丑托老旦筆云）吱喲喲、這箇那裏當得起、還求老公公見諒、（老旦睜目筆拍檯）咳、（走出桌立中云）（副丑退各低頭）肯不肯由你們、咱家去覆旨、但憑聖上處分便了、（走出介貼收冊筆硯盤隨行副丑鬼語介老旦含淚唱）（合）嗟世途、恁嶮巇、（至角捏劒毒目看副丑唱）恨不得仗青萍（副丑低首苦狀）斬魑、魅、（跺足恨云）孩子、走、（貼應急下副丑望介丑白）吱呀、你看

他含怒而去、我和你連夜邀請各官到舍、只說聖上命我二人會同衆官商議、各要捐金助餉、攢湊三五萬金進獻、這叫做慷他人之慨、你道如何、（副）妙極、只是尊府寂寥無輿、不如到舍下、有新開斗大的牡丹花、香豔撩人、大家痛飲一回如何、（丑）有理、（副）這叫做今朝有酒今朝醉、（丑）管什麽明日愁來明日愁、（副）有酒喫他娘、（丑）有花看他娘、（副）閻王殺來、（丑）竟走他娘、（副）溜他娘、（各搖幌渾笑下）

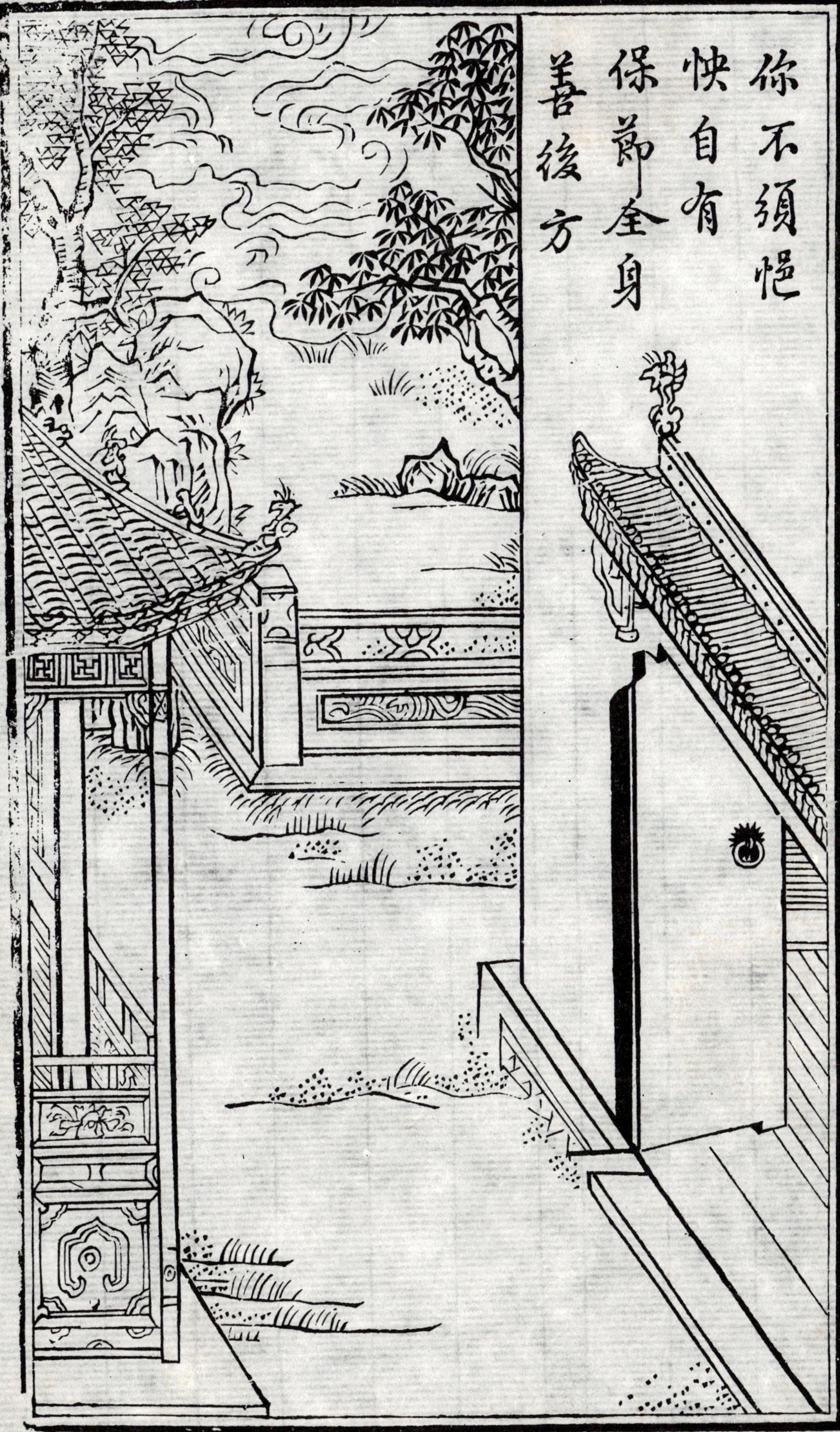
你不須悒
怏自有
保節全身
善後方

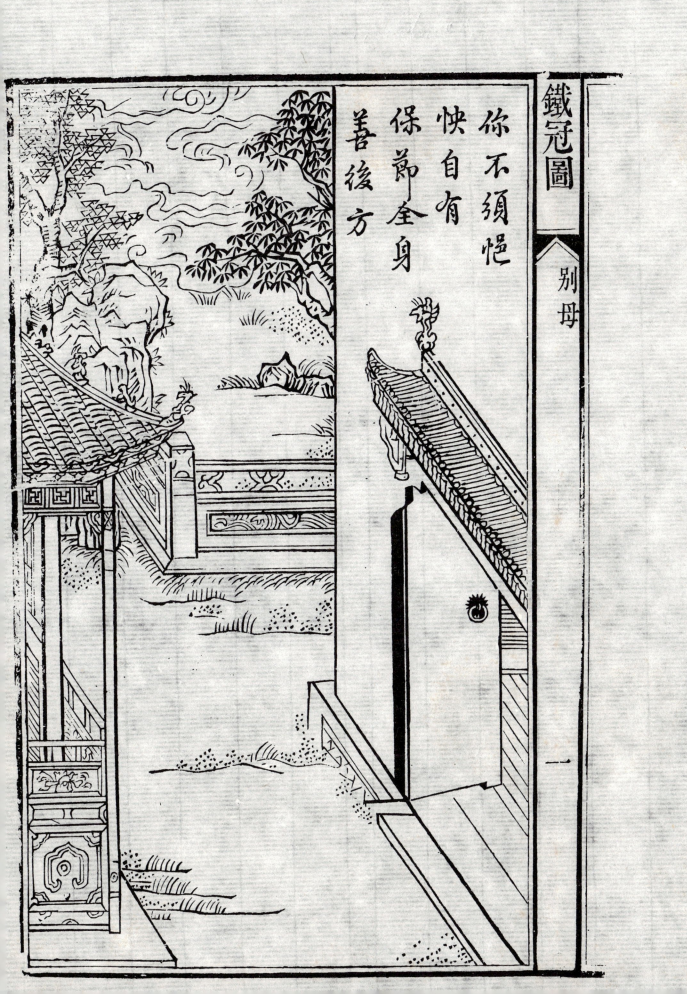

別母〔老旦白髮羅帕兜頭攜拐杖補服作九十以外狀走上唱〕

越調引子〔浪淘沙〕暮景喜安康、兩鬢星霜、〔轉身正坐介正旦石青襖接引唱上〕晨昏甘旨勤供養、〔俗增侍奉姑嫜非更多一句小旦晉巾穿褶接引唱上〕螢窗日日苦鑽研、黃卷青箱、〔正旦白〕婆婆萬福、〔見介小旦〕孫兒拜揖、〔老旦〕罷了、〔小旦轉對正旦揖〕母親、〔正旦〕我兒、〔老旦〕老身乃周遇吉之母、孩兒職居代州總兵、家眷僑居寧武關內、老身年過耄耋、〔微笑看旦〕喜得媳婦賢孝、善調中饋、孫兒勤攻書史、娛我暮年、孩兒兩月不回、使我時刻掛念、〔正旦笑容〕婆婆、那流賊圍困代州、你孩兒日夜在城守禦、怎得閑暇回來、〔老旦畧呆〕嗄、一向怎不提起、〔正旦〕恐驚了婆婆、所以不敢說、〔老旦〕可速差人打聽便好、〔小旦〕孫兒昨日已差人去打聽、早晚必有回音也、〔正生穿鎧甲佩劍蒸巾黑三髯執鎗丑執纛隨正生上唱〕

〔杏花天〕敗北非因畏敵狂、慮萱堂倚門凝望、〔中短二句作到下馬丑接鎗卸下末扮家將暗上接白〕老爺回來了、〔正生〕太夫人在那裏、〔末〕在堂上與夫人公子講話、〔正生〕你速備酒筵伺候、〔末〕是、〔虛下〕〔正生進見卸鎗步見母〕母親、〔揖介老旦帶笑容云〕我兒回來了、我正在此想你、〔正生〕母親請上、待孩兒拜見、〔老旦〕不消、〔正生〕〔一揖三拜又揖〕孩兒久離膝下、定省有缺、負罪靡厓、〔老旦〕勤勞王事、職分當然、何罪於汝、〔正生正旦小旦見禮介正旦〕相

公、聞得賊兵圍困代州、何得閑暇回來、〔正生〕急貌正爲賊兵猖獗、
特地回來作箇、〔看老旦欲悲止語式〕〔正旦〕相公作箇什麼、〔正
生搖頭〕夫人、你問他怎的、〔正旦與小旦疑狀〕〔末暗上〕啓爺、酒
筵完備了、〔正生撇愁作喜貌〕母親、孩兒特治一樽爲母親介
壽、〔老旦〕慢立起生受你、〔正生〕看酒、〔末〕有酒〔正生持杯忍哭唱〕
〔越調正曲〕〔小桃紅〕〔又一體〕擎杯含淚奉高堂、作揖下淚如雨下搵不住萬斛瓊珠漾也、正旦小旦各暗泣介 老旦駭式勸萱
親强笑加餐好、把暮年怡養切莫要念兒行、〔老旦疑白〕看孩兒
光景甚覺可疑、〔正旦低頭不語〕〔正生想介對上〕咏、我好恨也、
〔正旦〕相公恨什麼、〔正生〕夫人恨我幼時呵、〔正旦〕便怎麼、〔正生
唱〕怎不去效漁樵習耕牧守田園做農桑事也〔合〕倒得箇全

忠養盡子職無妨、習甚麼劍和鎗、俗應金鑼一下非登什麼廟和廊、到如今教我
進退意徬徨〔拭淚介正旦小旦各拭介〕〔老旦白〕兒嗄、〔唱〕
〔下山虎〕〔正格〕〔正〕恁般悽愴、含淚而唱這等悲傷、有甚哀腸事、何妨試講〔正生白〕
母親、孩兒只爲遠在任所、不能早晚依依膝下、故爾如此、〔老
旦〕就是遠在任所不過一兩日之程、〔唱〕何消愁心慽慽悲聲
怏怏、怏怏、必有萬感千愁、故斷腸何須胡掩藏、〔正生白〕孩兒也沒有
什麼、望母親開懷暢飲、〔正旦執杯福恭介〕媳婦奉敬婆婆一
杯、〔老旦〕生受你、〔小旦跪恭〕請婆婆飲一杯、〔老旦〕且起來、〔小旦
應立傍介〔老旦持杯看正生正生低頭作躊躕式老旦〕咳、〔唱〕
我手捧着這霞觴〔合〕心内細參詳〔看自身放杯白〕嗄、我曉得了、

〔正生〕母親曉得什麼來、〔老旦〕兒嗄、〔唱〕你不須悒怏、自有保節全身善後、方〔正生白〕咳、〔搖首憂容介老旦追云〕你因流賊兵困代州、恐戰死沙場、無人奉養我、所以如此悲切、可是麽、〔正生〕（正生觸心狀）哎呀、孩兒心事已被母親猜着、怎敢隱瞞、可恨流賊統領强兵、直壓城下、怎奈代州兵少糧盡、孩兒連戰數陣、不能退敵、代州已破、孩兒只得退守寧武關、我想此關前無救援、後無退步、旦夕必破、爲此特地囘來見母親一面、孩兒此去戰死沙場、分所當然、不能保全母親、所以寸心如割、〔痛哭介老旦〕我說你必爲此事、你如今待要怎麽、〔正生收淚〕孩兒欲命家將、保護母親、往外州他郡暫避幾時、免得受此驚恐、〔老旦變容搖頭〕汝言差矣、當初王陵之母、尚能成子之名、〔唱〕

〔五般宜〕〔又一體〕難道我未亡人畏着刀鋒劍鋩、難道我暮年人反戀（掙起正旦遞拄杖與老旦走出桌中設椅坐介）着夕陽寸光、不能彀成子效忠良、〔正生白〕母親請遠避纔是、〔老旦〕咳、〔唱〕我平生志向、只望你裕後留芳、〔正生白〕母親還請遠避的是、〔老旦作厲直云〕你教我避到那裏去嗄、婦人以三從爲首、在家從父、出嫁從夫、夫死從子、（悲介）嗄你爹爹不幸早亡、喜（生拭淚提甲跪下）汝名登武庫、出鎮此土、今當國難盡忠、〔唱〕也是理所正當、何必再商、〔悲白〕我兒、〔正生〕母親、〔老旦捧正生面叫介〕遇吉的親兒、〔正生〕親娘、〔老旦重唱〕〔合〕你若爲國捐軀、不負我諄諄訓義方、〔內吶喊丑報上正生立各哭泣〕（俗用末報非）啟爺、不好了、賊兵圍住關前了、〔正生〕再去打聽、〔丑應下〕〔俗用大鑼鼓正生兩邊望非〕〔正旦小旦各驚介〕〔正生急轉身向老旦〕哎呀母親、賊兵圍困關前、孩兒怎忍撇卻母親前去、〔左思右想蒼慌無計介〕罷、待我拔劍自刎了罷、〔老旦見大怒喝正旦小旦急扯〕哇、〔正生欲拔劍聽母厲聲卽收雙足朝上跪介〕〔老旦〕胡說、你若戰死沙場、則名垂青史、若死在家中、只道你眷戀妻孥、杖觸地三介可不遺臭萬年、〔正生〕皇天嘎、鬱悲聲念皇天、我周遇吉不幸至此、〔老旦〕過來、〔末〕太夫人請、〔正生〕有、〔對老旦跪介老旦〕我把箇古人比與你聽、〔正生〕是、〔老旦〕東晉時、有箇蘇峻跋扈、提兵犯闕、其時有位大夫卞壼、仗劍與蘇峻戰於闕下而死、二子隨父而亡、家中妻子亦伏劍

而斃、其母年過九十、拍案大笑曰、吾門幸哉、嘎幸哉、父死爲忠、子死爲孝、妻死爲節、母死爲義、其母亦自刎而亡、忠孝節義、出於一門、至今巍巍廟像、赫赫丹書、千秋萬古、永垂不朽、我家也效學他一門、豈不美哉、〔正生〕母親說得是、〔老旦〕家將過來、〔末跪〕有、〔老旦〕我家遭此大難、合門盡節、你們各自逃生去罷、〔末大喊〕〔云〕哎呀太夫人嘎、小人蒙太夫人豢養恩同骨肉、怎忍拋撇而去、情願死在一處、〔老旦大悅嚮讚介〕好、難得、我家有此義僕、勝於卞門一籌矣、〔看正生作怒立起〕家將、與我推他出去、〔背立對下場介〕〔末〕是、〔立起恭介〕請老爺出去罷、〔正生〕哎呀母親、孩兒謹遵慈命、就此拜別、〔正旦小旦暗淚

〔嗩吶〕〔老旦〕快些去罷〔正〕拜唱
〔山麻楷〕〔正格〕遵慈訓難違抗只得含悲忍痛拜倒街傍哎呀堪傷
痛衰年暮景罹此飛殃〔老旦〕對正生唱〔合〕觸聲唱從今後絕伊留戀斷
伊縈繫免伊縈望〔作〕望下塲等短見式正旦小旦勸介〔正生〕母
親請息怒〔末〕哎呀老爺太夫人發怒快請出去罷〔正生〕哎呀
母親孩兒是去了作揖退卸出門狀謹遵堂上慈親命拚盡餘生答聖明〔丑〕暗
上帶鎗帶馬與正生作上馬不用下卸轉看正旦小旦介正
旦小旦送出各哭〔正旦〕哎呀相公〔正生〕看正旦上下身拔劍
與正旦卸下介〔正旦〕接劍〔白〕〔末〕啟太夫人老爺去了〔老旦暗哭拭淚坐下〕相公已去妾當早爲自盡便了

〔五韻美〕我是裙釵糟糠規箴從幼慕共姜貞操自矢凛冰
霜哎呀婆婆嗄只爲齠齡幼子〔拜二拜老旦立起不忍式白媳婦罷了〕哀老姑嫜因此偷生忍死相偎〔朝下塲拭淚介小旦見母如此作急遽倉卒狀〕
傍罷〔合〕倒不如先淬青鋒免使你牽心掛腸〔刎下〕〔小旦〕欲奪見
死撲地跪哭〔卽唱〕哎呀親娘嗄〔末哭報〕啟太夫人夫人自刎
而亡了〔老旦帶悲而讚云〕好好我家有此烈婦難得〔小旦唱〕
〔江頭送別〕〔正格〕跪拜二拜不能彀遵祖訓光耀門牆不能彀承父志繼紹書
香〔白〕婆婆請上孫兒就此拜別〔老旦〕你往那裏去〔小旦唱〕窮途
流落誰倚仗〔合〕倒不如同赴黃壤〔觸斃式下〕〔老旦不忍見死背
介〔末白〕哎呀太夫人公子觸堦而死了〔老旦硬得頭〕好我家
出此賢孫家將把前後門封鎖了與我放火〔末應將上下塲
關門介〔老旦笑下〕〔末執火把作焚屋式拔刀刎下〕〔二仙童執

旛土地隨上作請老旦正旦小旦末上頭各罩紅羅末蓋黑帕二仙童土地領直繞下介（正生）擺鎗上丑隨見焚地把鎗挑屋作三療丟鎗下馬作勢唱

【蠻牌令】（正格）看看看風助火威狂火趁猛風颺漫天飛烈焰遍地閃金光哎呀親娘嗄（跪膝拜介）不能彀殷勤奉養倒使你骨朽形傷（合）腸千結淚萬行這的是終天抱恨萬劫難忘（內）吶喊（丑白）稟爺賊兵殺來了（正生）怒色整盔束甲（白）帶馬（丑應正生唱）

【尾聲】騰騰怒氣飛千丈絕郤家庭內顧腸（白）罷（唱）俺且放膽揚威戰一場（擺鎗繞轉副淨扮闖王頂盔貫甲瞎左目持鎗迎戰正生怒勇而殺副淨二敗而下（大淨）扮一隻虎衝救迎殺要北闖王猛勇縱躍拒戰使觀者表周將軍捨身報國形狀大淨抵攩不住大喊飛敗而走下（小生）戎粧執械突上正生接住氣問（白）賊將報名（小生）俺乃大將左金王（正生）賞你一鎗一鎗刺去其將抵擦不住迎鎗落馬而死不用戰妥小生下（外）戎裝衝上一合架住（正生）賊子留名（外）俺乃射塌天（正生）賞你一鞭（左手執鎗右手提鞭卽打去來將卽躲用反手一鞭打着其將衝身而危死下正生揚鞭衝下介）

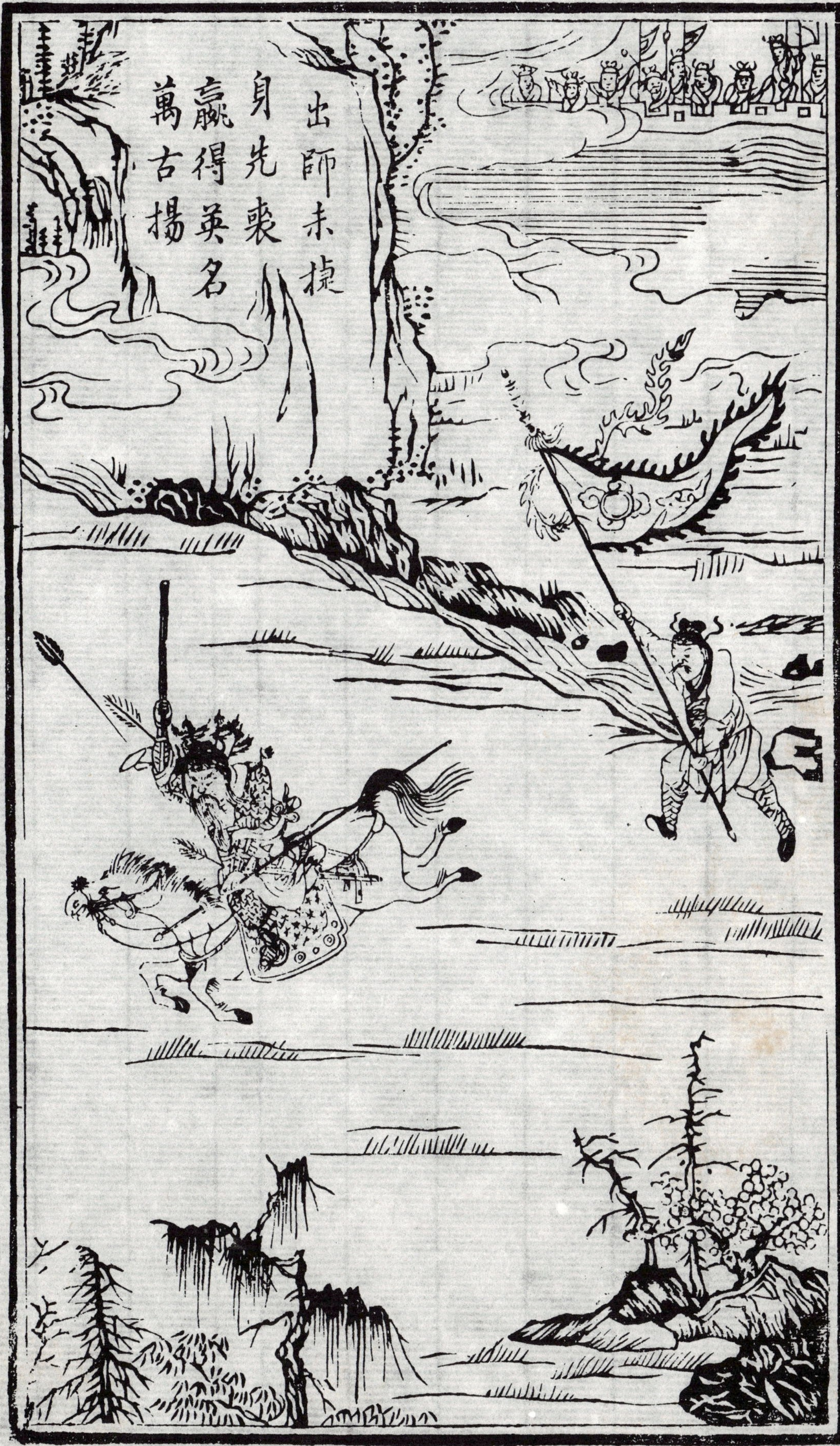
出師未捷
身先喪
贏得英名
萬古揚

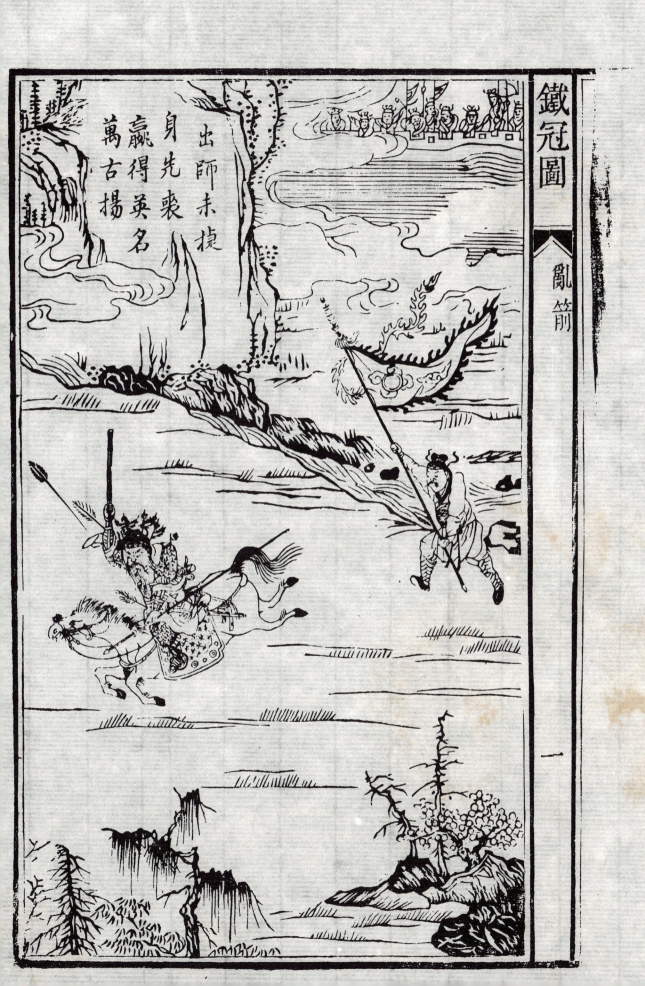

亂箭

此曲九宮不載只可按句定板

亂箭〔四卒持短刀引大淨副淨上副淨白〕你看周遇吉、殺死我數員大將、越覺威風凜凜、精神抖擻、料不能勝他、枉折許多兵將、不如收兵退回、攻打別處、慢慢再來招撫他也罷、〔大淨〕皇兄、那周遇吉雖然英勇、到底寡不敵衆、皇兄帶領弓箭手、埋伏山谷中、待兄弟與他交戰、詐敗佯輸、引他到來、萬箭齊發、不怕他飛上天去、〔副淨〕御弟言之有理、俺就去埋伏、你去引他到來、〔大淨〕得令、〔下〕〔副淨〕衆將校、〔衆〕應〔介〕〔副淨〕各帶弓箭、到前面山谷中埋伏者、〔衆應介〕〔副淨〕挽弓須挽强、〔衆〕用箭須用長、〔副淨〕射人先射馬、〔衆〕擒賊必擒王、〔領直下介〕〔正生衝上望唱〕

中呂〔集曲〕好尾帶玉蓉〔好事近首至七〕戰酣、顯顯、陣雲黃、雲寒霧慘、蒼茫、〔大淨更猛殺上白〕呔、周遇吉、敢和俺鬭幾百合麽、〔正生越恨狀〕賊子嗄賊子、〔唱〕只怕俺鎗尖動處便披靡、奔迭忙忙、〔直刺殺上下左右四鎗過大淨招架不住慌敗正生緊追大淨引下〕〔副淨執鎗挾矢引衆各執弓箭作埋伏式副淨立高處白〕衆將校、〔衆應〕〔副淨〕待周遇吉到來、萬弩齊發、不可放縱、〔衆應登下塲伺介〕〔正生內喊〕賊子那裏走、〔大淨喊敗引正生進陣介大淨即躲下衆見正生即射介正生拔鞭對下舞似擋不住大喊而敗下副淨見正生敗去即大笑立下介衆吶喊走兩邊大淨暗上立傍副淨白〕妙嗄、周遇吉帶箭而逃、料不能再戰、衆將校、〔衆應

（副淨）快追上前去、（眾應同唱行介）烏號遍、張似、飛蝗驟雨難
遮障、（齊下）（正生滿身插箭衝上咬牙睜目似中傷負痛逃式周
圍一轉橫鞭於鞍扒身伏式喊）哎喲、哎喲、（作喘式）咳、不想悞
入羅網、身被重傷、雖然殺出重圍、（直身一衝）此番性命休矣、
（唱）（尾犯序）（四至末）悲、快（看自身介）身未死、忠魂先颺、心已碎、丹誠猶壯、（大淨帶
驕傲式衝殺上白）呔、周遇吉、可能再戰麽、（正生恨極努力殺
介）放馬過來、（將鞭掃大淨躍正生卽打下大淨左臂擋鞭着
臂折式大淨喊叫下正生形如脫力狀）（痛苦聲介）哎呀聖上、嗄、聖上、臣（氣短）
（心雄）力已盡、不能保全社稷了、（唱）（玉芙蓉）（四至末）出師未捷身先喪、贏得
英名萬古揚、（副淨內白）周遇吉、還不投降、等待何時、（正生勉力

威風）誰敢來、誰敢來、（唱）（合）休無狀、（上拜二拜一掙而起整盔束甲介）望龍城稽顙、好從容結纓
正、冕談笑飲干將、（俗增罷字非）（拔劍自刎轉身立中用紅羅兜
面介）（眾仍短刀引副淨上見正生作驚愕式白）咳、可惜周遇
吉恁般忠勇、自刎而亡、（用力表揚）深爲可憫、若是明朝守將、箇箇如此、
俺焉能得到此地也、（大淨捧臂喊上）哎喲、（副淨見大淨驚介
嗄、爲何如此、（大淨）被周遇吉打了一鞭、將我左臂打折、疼死
我也、（見正生介）這是何人屍首、（副淨）就是周遇吉的屍首、（大
淨）拏刀來、待俺砍他幾萬刀、（副淨攔介）住了、這是各爲其主、
何必記懷、快到後營調治、（大淨）是、哎喲、（下介）（副淨）眾將校、（眾
應）（副淨）把周遇吉屍首、擡到高阜處埋葬、不許傷損、（眾應扶

〔正生下眾仍立兩傍副淨〕吩咐大隊人馬、直搗燕京者、〔眾〕得令、〔同唱走〕

〔正宮正曲〕朱奴兒蟠、螭旆、雲中、搖漾、飛豹旌風外、飄颺、虎將猙、獰、豪氣、狂馬如龍、掣斷絲韁〔合〕軍威、壯望五雲、帝鄉指、日裏歸吾、掌

〔領直下介〕

守宫

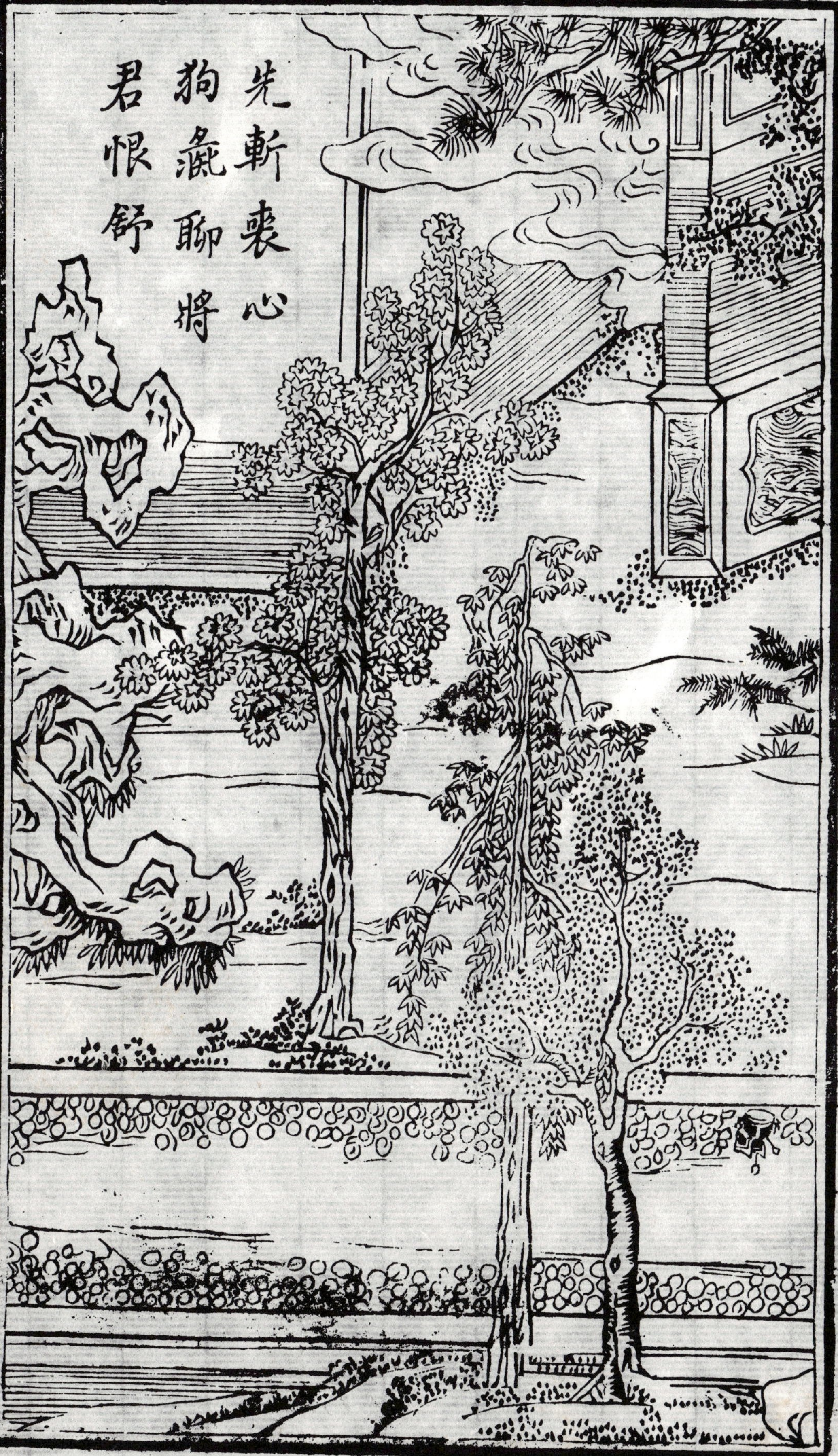
先斬喪心
狗彘聊將
君恨舒

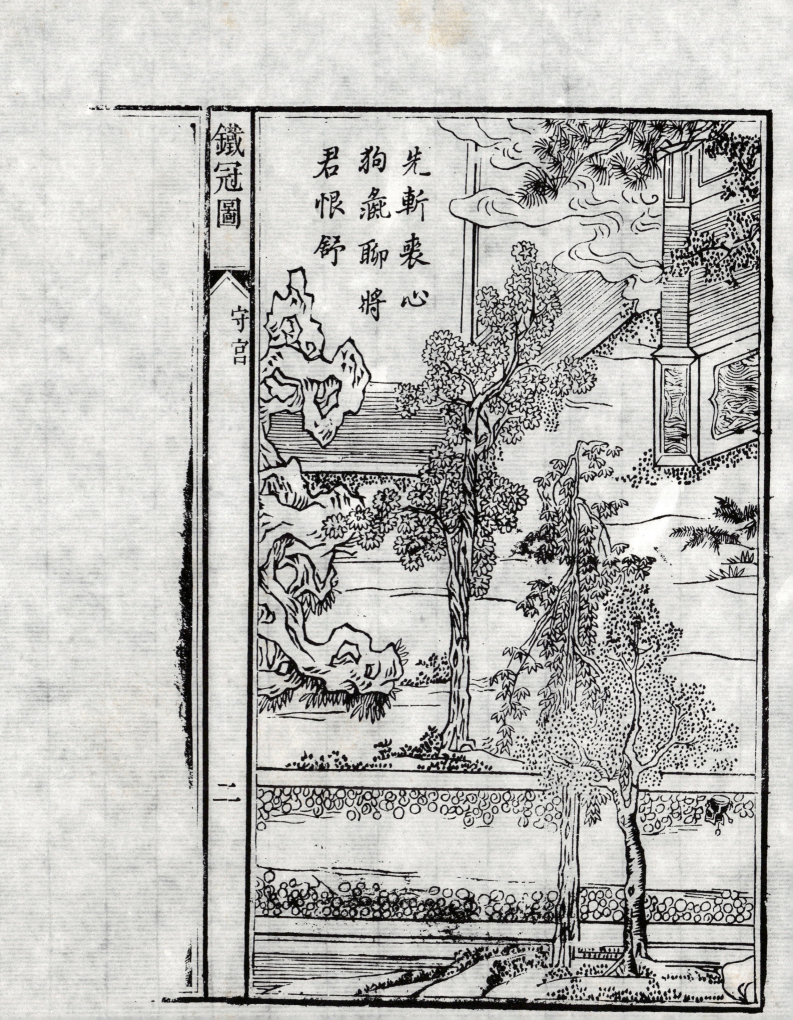

守宮（老旦穿蟒佩劍上看天愁容唱）

南呂北曲 一枝花 傷哉那一天怨霧凝萬里愁雲蔽昏黯黯紅日慘無光、冷颼颼陰風似箭吹、（白）（連做不用通名）咱家王承恩奉旨提督禁城內外機務、巡查奸細、誰想那賊兵已至城下、圍得來水洩不通、攻打甚急、眼見得邦家不能彀挽回也、（唱）嗄嗄、好好教俺無計施爲、縱有那殘兵敗卒成何濟、（白）前日聖上飛檄召取左良玉、黃德功、劉澤青、唐通等、各路總兵、提兵入衛、怎麽還不見到、（唱）盼不到勤王勁旅師、可憐那麟鳳雲霄、嗄嗄頓頓做了困釜窮魚、（內吶喊老旦急望小生扮駙馬奔上）不好了、嗄、揭天烽火乾坤暗、捲地兵戈社稷殘、（進介老旦立右上白）駙馬爺

往那裏來、（小生急狀云）王司禮不好了、賊兵勢如潮湧、攻打甚急、平則門彰義門將破矣、（老旦）哎呀駙馬爺怎不在城上、與衆軍守禦麽、（小生）怎奈軍士腹中饑餒、不肯用命、倒臥於地、鞭一人而起、一人而臥、教我也無可奈何、（老旦）如今往那裏去、（小生）進宮見聖上、（老旦扯住）哎呀駙馬爺不要進去、（小生）此時君臣相見、不可多得矣、你怎麽反來阻我、（老旦）非是俺來阻你、可憐萬歲爺呵、（小生）唔、（老旦唱）

梁州第七 鎮日價愁慽慽不思飲食、晝夜裏顫兢兢何曾安寐、他他他焦慮得形消骨瘦、熬煎得容顏憔悴、（白）你若進去、啓奏這些言語、（唱）可不唬得他心驚膽顫、唬得、他魄散魂飛、唬得

他柔腸寸斷、唬得他蹙損雙眉、（小生急白）事在燃眉、也不得不
奏、（老旦扯小生帶走帶云科）駙馬爺婉言啓奏、不要驚了聖
上、（小生）我曉得、（下科老旦）哎呀事已急了、不免咬破指頭代
聖上寫成血詔、調取各路總兵、星夜勤王便了、（唱）俺俺俺瀝
指血草成飛檄、滴淚珠濺汚征書、望望望望恁箇大英雄秉忠
仗義、望恁箇興義師星夜驅馳、望恁箇拯國難、掃蕩妖魔、（虛下）
（淨粧大肚胖體金監帽紅蟒執拂幌身上）屈膝只圖新富貴、
翻容不念舊恩波、咱家監軍團練使杜勳是也、前日奉命宣
府監軍、因見闖王軍威强盛、我便見機而行、降順了他、掌他
十分的優待、如今圍困京城、我想聖上、如籠中之鳥、釜內之

魚、爲此特來下篇說詞、教他早早出城降順、免遭誅戮、料他
必然依允、咱又得了一場大功、兩下又做了人情、來此已是
內殿、不免進去走走、（進式老旦內）喲、是誰、（上科淨）王哥是咱
（老旦）你是杜勳嗄、（淨作笑顏）是杜勳、（老旦）尷尬云前日有人說你在
宣府被亂軍殺死、（淨呆式老旦）怎麼今日還在、（背立科淨轉
奸容）不瞞王哥說、前日被闖王擒去、拘禁營中、死又死不得、
活又活不成、沒趣狀云無可奈何、只得降順了他、（老旦急轉身看淨科）
（淨）掌他十分的優待、就封咱爲司禮監之職、擺頭作驕式（老旦怒視淨上）
（下身）好、硬云（唱）看你緋衣掛體、（淨掇帶看幌身白）唔唔唔、（老旦連
唱）玉帶腰圍、（淨得首笑科老旦怒唱）笑吟吟低頭屈膝、（對淨

指外)又承奉新帝主、(背立科淨白)王哥、爲人也要見機而行、
(老旦急轉對淨唱)難得恁善趨言能見機全不念舊君王恩
和義、(淨白)爲人務要見機而行纔是、(老旦急扯淨手)走來、(淨)怎
麽、(老旦指唱)則怕恁逃不過萬人價笑恥、(摔淨手對上立淨
白)笑罵由他笑罵、那闖王英雄蓋世度量如天、順者富貴無
窮、逆者誅夷立見、咱把王哥許多好處、一一奏知王哥、你的[右肩歎彭]
[老旦右肩介]富貴也不小、(老旦)閑說、你今日又進來怎麽、(淨)我久知國內
空虛無人守禦城池破在旦夕、爲此咱哀求闖王暫緩攻打、
(老旦)這到難爲、(淨)如今特進宮來面見聖上、(老旦)見聖上怎
麽樣、(淨)教他早早遜位、以就藩封、免遭誅戮、永保富貴、(老旦

急轉身硬指淨云)胡說、(淨喬臉看式)嗄、(老旦唱)
牧羊關、承帝統自有嫡宗支親苗裔、怎教他把錦乾坤沒來由
讓與伊誰、(淨怒面嚮白)咳、自古有道伐無道、無德讓有德、古來
有之、(老旦迎淨身問式)誰是無道、(淨指內硬云)當今、(老旦打
淨臉科)唗、(各轉身淨揉面)哎喲喲、好打好打、(老旦唱科)恁輒
敢謗明君毀聖德、嘴喳喳沒人倫別是非、(淨惡硬白)王承恩、你
死在頭上、還是這等、少問闖王進來、先找你的驢頭下來、(老
旦急挺身)找那箇驢頭、(淨硬指老旦)找你的驢頭、(老旦)好奸
賊、(拔劍唱)試看俺光閃閃青萍手內提、(淨見老旦掣劍淨慌
逃老旦追殺科淨遮頭下)(老旦劍指唱)先斬喪心的狗彘聊

將君恨舒〔虛下〕〔正旦貼扮宮女小旦扮費貞娥同上〕不好了嗄、驚魂無倚托、弱質有誰憐、〔正旦〕〔貼〕姐姐、聞得京城已破、看看殺進宮來、皇后娘娘、貴妃貴人、皆已自盡、公主又被聖上一劍砍死、倘流賊進宮、必遭其辱、有志者同到御河自盡去、快走、〔小旦聽正旦貼云自作躊躇立念於此處定爲國報讎之志式〕你們自去、我是不去、〔正旦〕〔貼〕爲何、〔小旦〕〔正顏厲色云〕這樣死法、不明不白、無濟於事、〔正旦〕〔嘔科〕嗄、我曉得也、要做流賊的妃子了、〔貼〕是嗄、〔小旦〕咳、人各有志、豈可相強、各人自掃門前雪、莫管他家瓦上霜、〔更走下〕〔正旦〕〔貼冷看〕呸、這樣沒志氣的東西、不要採他、我們自去、〔老旦上攔住立中〕宮女們往那裏去、〔正旦〕

〔貼〕哎呀王公公不好了、〔老旦〕怎麼樣、〔正旦〕〔貼〕方纔報說有人開了彰義門、放賊兵進城、看看殺至宮中、聖上十分驚駭、皇后娘娘貴妃貴人、皆已自盡、聖上又將公主一劍砍死了、〔老旦〕嗄哎呀娘娘嗄、〔大哭〕〔正旦貼亦哭科〕〔老旦〕你們往那裏去〔正旦〕〔貼〕到御河自盡去、〔老旦〕好快走、〔正旦〕〔貼〕是哎呀苦嗄〔下〕〔老旦大驚〕哎呀、不想宮中有此大變、可憐俺娘娘平日呵、〔唱〕

〔四塊玉〕他他他贊乾綱、坤德輝、相夫君正母儀、又何曾插珠飾玉、穿着綺羅衣、又何曾饜飫珍饈味、可憐恁事蠶桑勤紡織、可憐恁布素衣甘淹敝、可憐恁效脫簪勤諫規、〔丑虛心恍忽悄步上〕〔白〕欲圖生富貴、須下死工夫、〔見老旦遮面奔下科老旦見

丑急看疑（云）嗄、這是司禮監王德化、他見了咱怎麽就轉去
了、（相科）唔、事有可疑、（唱）
【元鶴鳴】他他他急攘攘必有行藏詭（白）待咱喚他轉來、王司禮
王德化轉來、（丑上）誰喚咱、（老旦正色）是咱、（丑作纔見式）哎呀
原來是王哥請了請了、喚咱怎麽、（老旦）你急忙忙往那裏去、
（丑慌狀）有件小事、要到朝外去走走、（欲走出老旦扯）住了、你
見了咱、怎麽又轉去了、郄是爲何、（丑支吾式）嗄、這箇、嗄、那箇、
（作說不出科老旦）說、（丑）嗄、忘了一件東西、待我轉去取了來、
（欲進老旦又攔）住了、（唱）恁口咄咄言語支離、欲前欲後行還
止、如避如趨去復回、（丑白）王哥、咱和你一般的好弟兄、怎麽今

日盤詰我起來麽、（老旦忠直狀）今日不同、（丑）有甚不同、（老旦）
咱家奉旨、提督禁城內外機務、巡查奸細、（對丑厲言科）怎麽不要盤詰、（丑
軟身式）咱家也是聖上面前、近身侍御、難道我是奸細麽、（老
旦）雖非奸細、（看丑身介）蹤跡可疑、要搜一搜、（雙手扯丑看丑急狀）（意急言囁）咱空
（云）空一身、有什麽夾帶麽、（老旦）這是俺守門的干係、（唱）也免得
弟兄們兩下懷疑、（定目看丑搜科白）搜一搜、搜、（扯轉身搜出璽嚇
目忿看）（丑慌急無措式）（老旦）嗄、這是傳國的玉璽、你盜往那
裏去、（丑作開口難合式）今早聖上用過、放在袖中、一時忘懷
收了、（老旦）唗、玉寶非同小可、你快把眞情實說、還看弟兄情
分、若有半字支吾、扯你到聖上面前、把你碎屍萬段、（作扭進

狀丑慌似跪式〕哎呀王哥哥請息怒、〔老旦放手〕講、〔丑〕今早申芝秀傳信進來、教咱暗藏玉寶、到闖王營中呈獻、官封萬戶、賞賜千金、王哥咱和你同去共享富貴如何、附老旦耳介 丑肩軟搒老旦右肩〔老旦憤指〕閑說、〔唱〕恁便有三台登躋九錫榮遺千金賞賚萬戶封職動不得俺銅肝鐵膽難轉移〔又扯白〕走、〔丑硬摔老旦手狠狀〕咳、王承恩你還把聖上來唬誰、少間闖王進宮、連他的性命也難保、〔老旦恨極狀式〕你還要瞎擺什麼、〔老旦怒目〕哎喲、〔唱〕激得俺填胸怒起衝冠髮豎雙睛眦裂哎呀銀牙咬齒看丑咬指袂〔丑愰身狂白〕咳、今日放肆些兒、誰敢奈何我、〔老旦怒勇挺身〕奈何你不得、〔丑大攤手〕誰敢、〔老旦即打嘴各轉身仗劍〕〔丑〕哎呀不好了、〔逃科〕〔老旦追近丑將劍掠地丑衝跌殺下〕〔老旦唱〕俺把姦宄先除免教伊在禁闈中潛藏鬼魅〔小旦急上白〕哎呀王公公在那裏、〔老旦〕有何事、〔小旦〕哎呀王公公不好了嘎、聖上見事勢危急、獨自奔往煤山去了、〔老旦大驚〕有這等事、俺就去也、一心忙如箭、兩脚奔如飛、〔各下〕

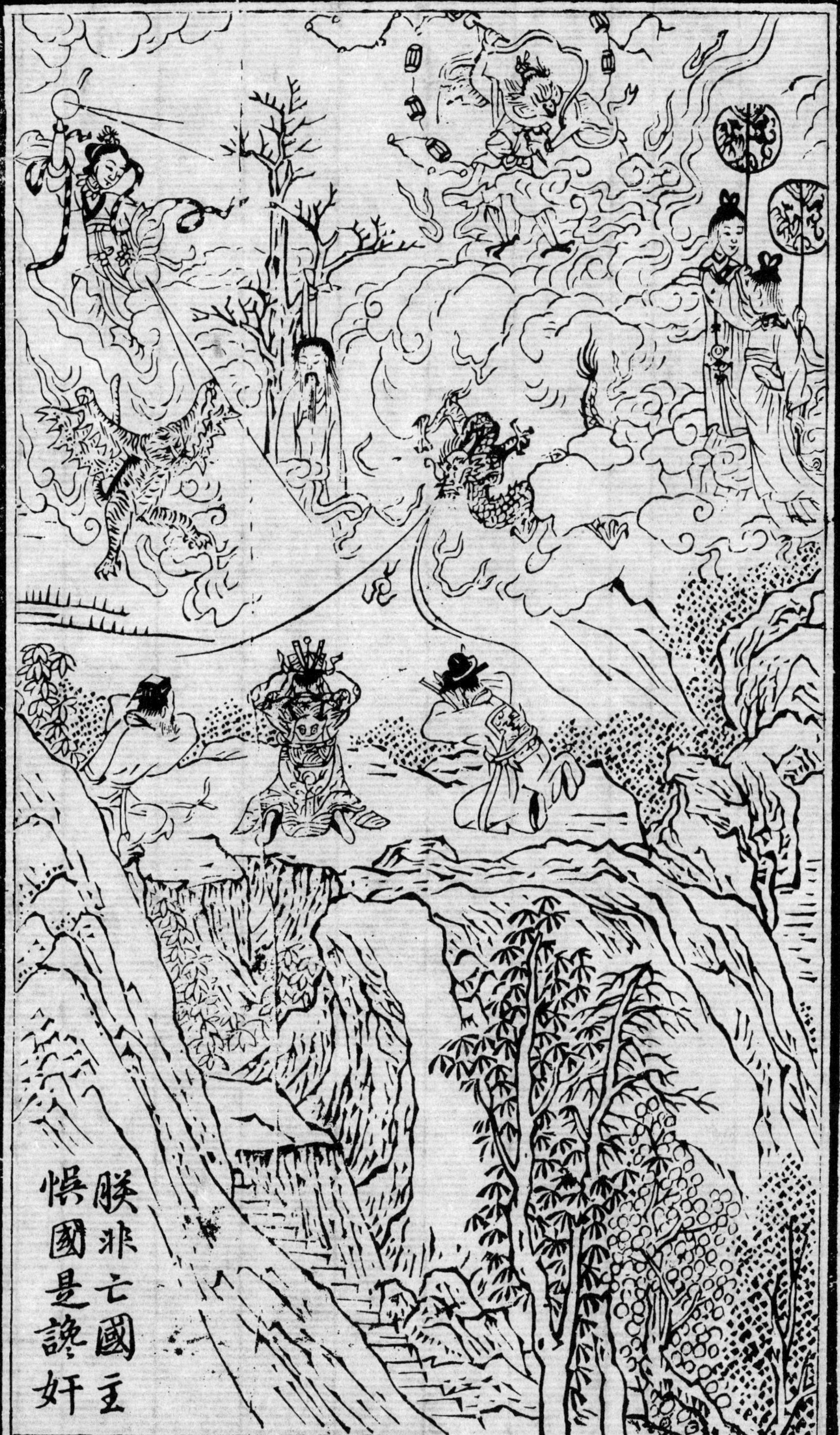
朕非亡國主
悞國是諛奸

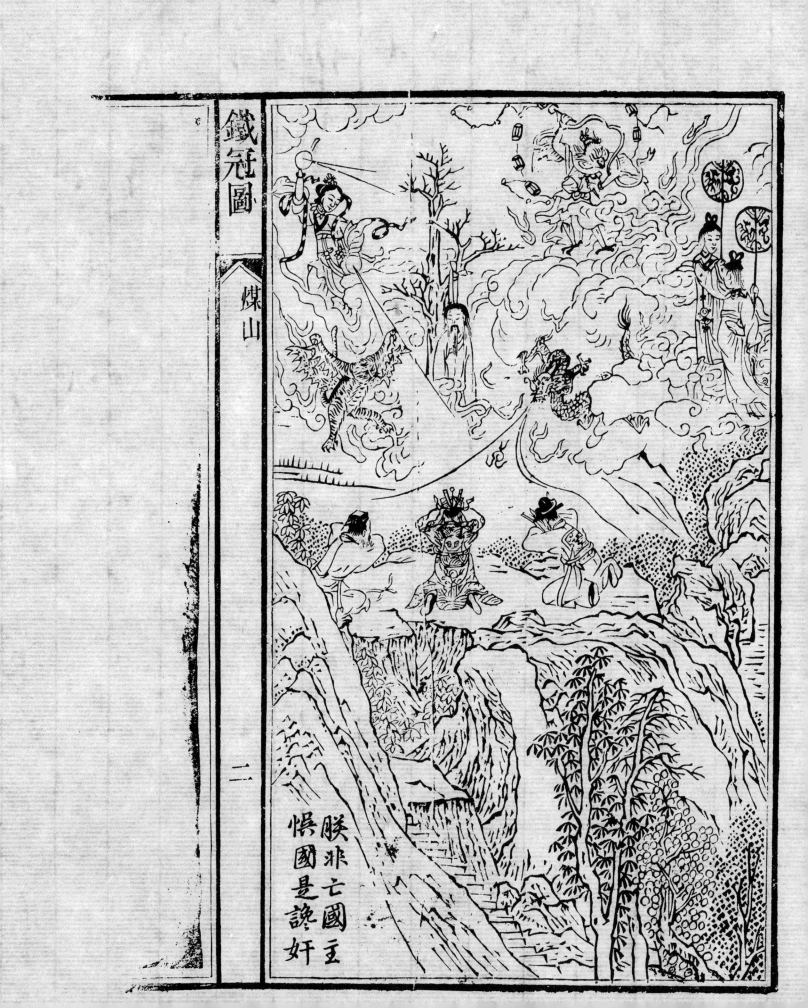

煤山（內把桌鼓擂動金鑼重篩似作風雨不用鑼鼓後跳風伯雨師雷公電母鶴神執長旛青龍白虎二神各執皂旗衆神將各拏寶蓋長旛或添烏雲八使齊上聊作擺勢即立檯上或朝官或仙吏多皆增得不用亣天上帝弔場內吶喊末帶玉蟾冠內穿緞褶外罩龍披奔出撲跌左上角玉蟾冠落地即撒髮慌扒起又仰跌就勢摔左靴甩落後場赤左足仰身科）俗摔右足靴論理落左靴妙（唱科）

么篇（又一體）哎呀天天天（左右手三摔袖）恨漫漫把天地迯（龍披撇地亜褶掙立起作腿軟狀唱科）哎呀怨怨怨騰騰陽光蔽心驚膽碎忽地裏山河迸裂金湯廢生擦擦巍巍社稷受夌夷顧不得身和命如飛絮（內作雷聲空鼓泪板風伯引雷公繞場轉又立檯末作衝地側身看天唱）哎喲頃刻間雷聲沸（鼓作響雷雨師引電母作燗電飛圍上檯末唬衝身唱科）呀又只見金蛇走閃電馳飛（青龍白虎接科末恐）又只見猙獰鬼緊相（作迎搖首退）嗄嗄隨（二神引行科）這的是幽冥咫尺命絕須臾（作喘悲白）朕嗣位已來雖然薄德匪躬上干天咎然皆諸臣之悞朕也（含悲着力云）（哭科拭淚冷看身上下至兩足又扯髮看駭狀）哎呀驀然想起鐵冠仙師所遺畫圖今已應驗想大數難迯哎呀命該如此（大哭帶悲云）但天下人民何由知朕寃慘也罷不免將此白綾咬破指尖寫成血詩以謝天下（哭科白練放地咬左手小指揑左拳盤坐地右手小指醮血寫唱）

烏夜啼）顧不得毀傷毀傷遺體寫不盡亡國身悲哎呀御妻管不得身首離嬌兒兗不得遭戮誅今日裏國破身夷子奔妻危

只留得素練血痕遺、留得素練血（悲云）痕遺（將褶揩手指血科）這的是亡國君王命絕

詞（讀白）得薄承天命登庸十七年、朕非亡國主、（恨念）悞國是纔奸去

冠髮覆面、自縊入黃泉、朕屍苦碎裂萬姓、望垂憐、（內吶喊）城

隍本境土地在此上打躬科末即拏血練在手急立起看下

場科（白）呀、賊兵已至、（冷走上二步看天）哎呀蒼天嗄、蒼天、（唱）

閃閃得我上天無路入地無門（作見樹睜目看擦眼對上白科）

哎呀、（唱）再不想萬乘邦基（城隍本境土地兩角跪執笏恭介）嗄嗄到頭來致身無地（雙手拏血練攤退）（將練掛高

自縊科撒髮面正對上用黃羅籠臉衆神下檯護圍遮式仍

上檯歸位立科（老旦急奔上白）哎呀唬死我也、（唱）

元鶴鳴（又一體）呀呀呀、聽說罷魂魄飛哎呀唬唬得俺肝腸碎身軀

顫慄霎時間泰山崩倒青天墜霎時間鼎湖浩渺玉龍飛禁不

住步跟蹌急遽下丹墀（作奔苔滑仰跌地落帽撒髮唱）哎呀苦

嗄不隄防蒼苔露滑苔砌隇陝（險也）（掙起作軟）哎呀跌跌得俺腰肢

折手足離披哎呀萬歲嗄（急行式）搵不住潸潸血淚垂不爭的邦家顛

沛最堪憐君父遭危（趨近跕足迎看拭目急捧叫白）嗄哎呀聖

上、哎呀聖上上嗄、（撲跪地唱）

烏夜啼可憐恁拋棄了千秋千秋社稷拋棄了百世洪基哎呀

（側身恭上做）后妃一任恁喪溝渠、儲君（望撲膝上介）那裏去走天涯可憐恁飲恨含悲忍（轉看咬牙唱）

痛哀啼似這般科頭跣足喪殘軀科頭跣足喪殘軀看你淚痕

血漬沾衣袂光閃閃雙睛不瞑矻磳磳銀牙咬齔哎呀萬歲嗄

俺患難君臣，一靈兒在泉下隨。（仗劍睜目看，卽刎下，吹細二朝樂介，官與與）

末解帕，衆神擁護下，檯兩玉女，捧平天冠，戴冕旒，將黃羅露面，大紅袍與末換完，末執圭，玉女持宮扇，雲使換紅雲，老旦仍戴監帽，用紅羅蓋面，暗上，隨末，神將拏旛擺隊行，城隍本境土地似送，暗下介（衆同唱）

四塊玉（又一體）赤緊的雷電飛、風雨追、騰騰的靉雲圍、人無百歲人枉作千年計，將胥間閎鎖開，把心上愁繩解，今日裏厄滿赴紫微。（齊下）

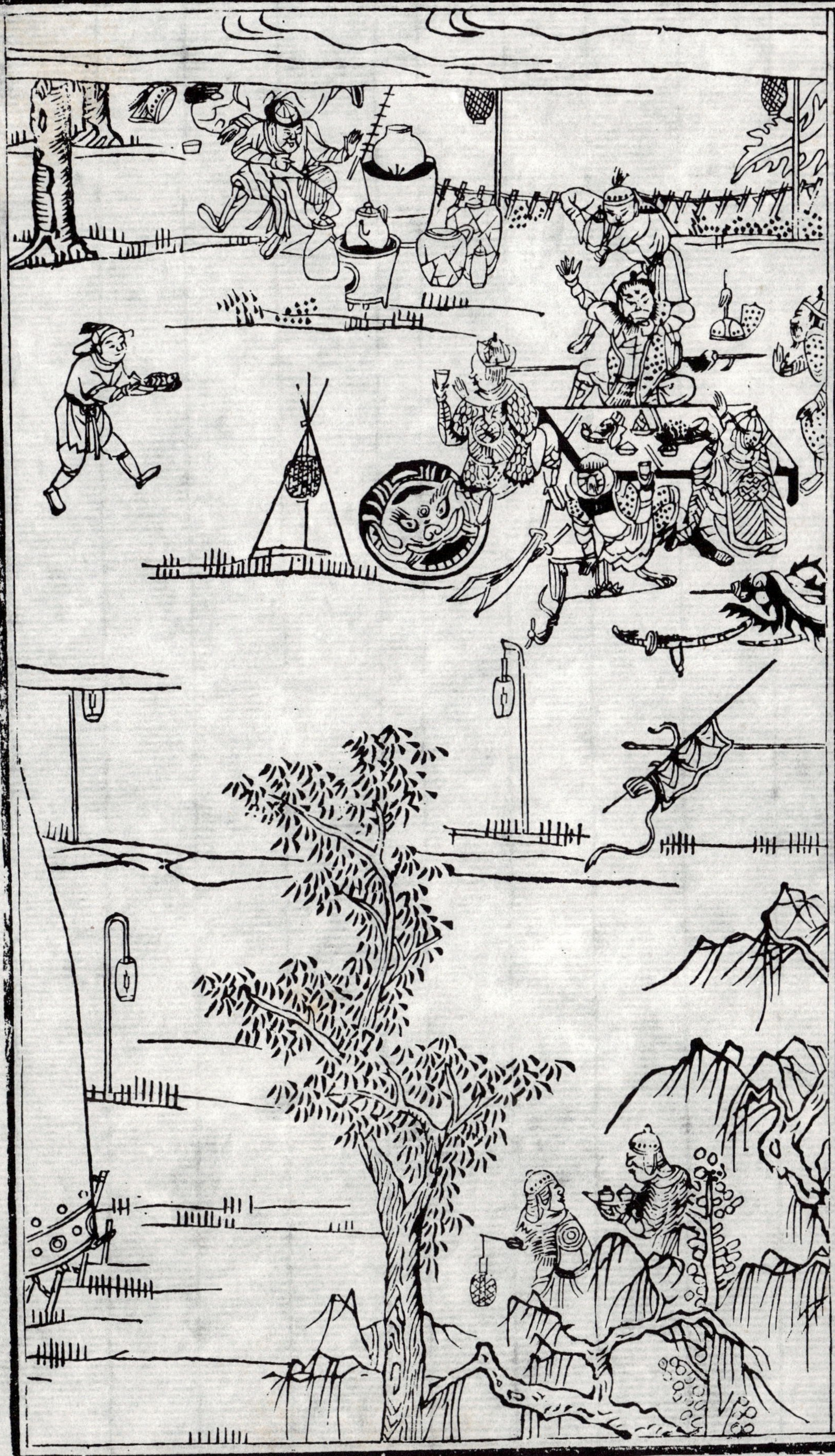

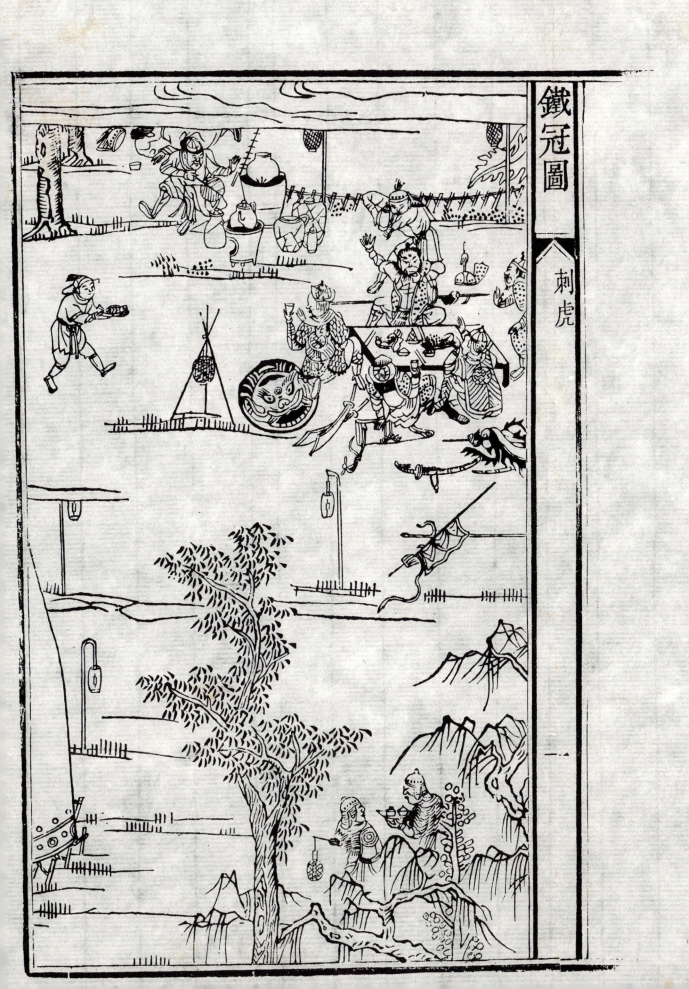

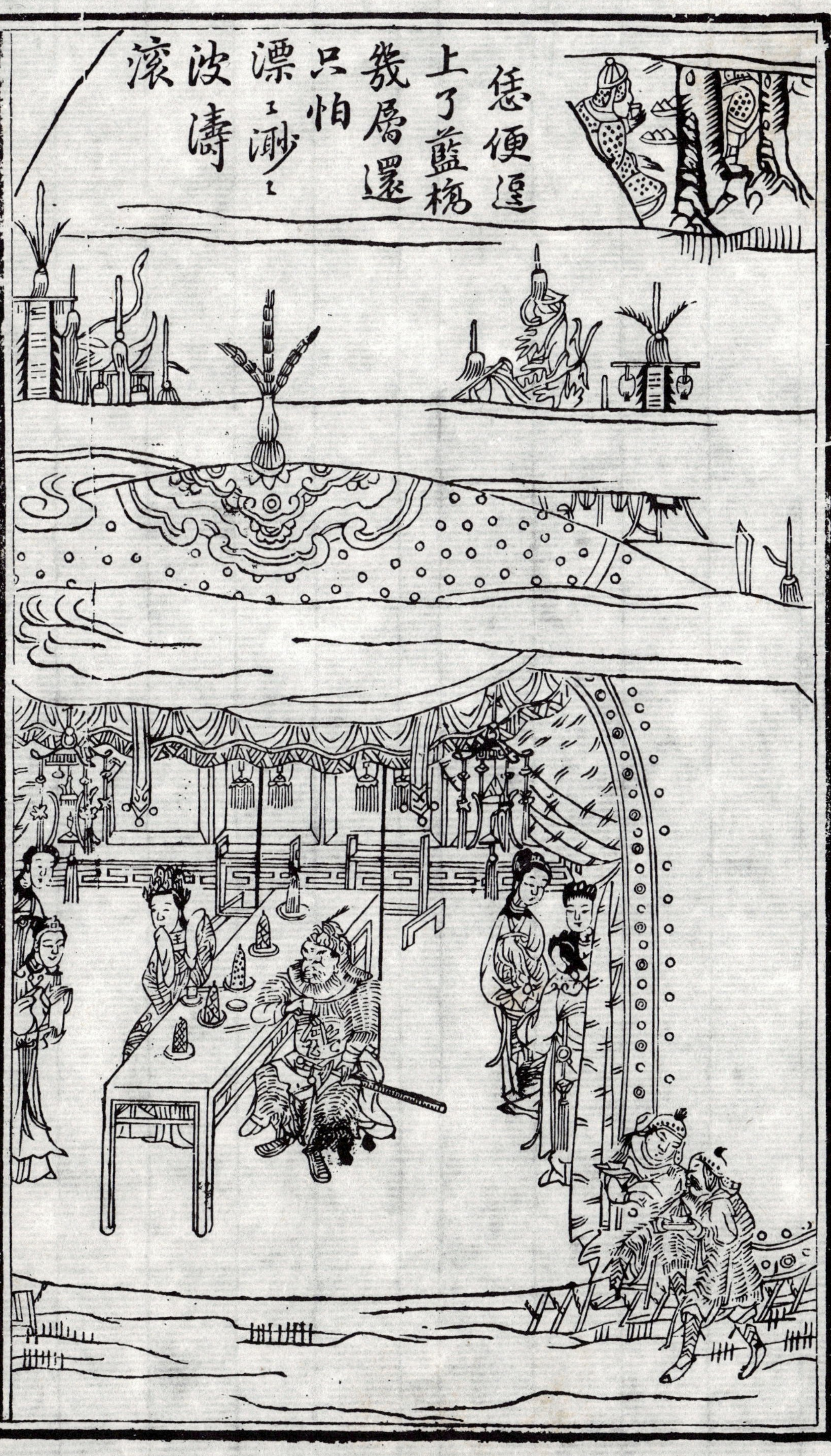
恁便逞
上了藍橋
幾層還
只怕
漂〻渺〻
波濤
滾

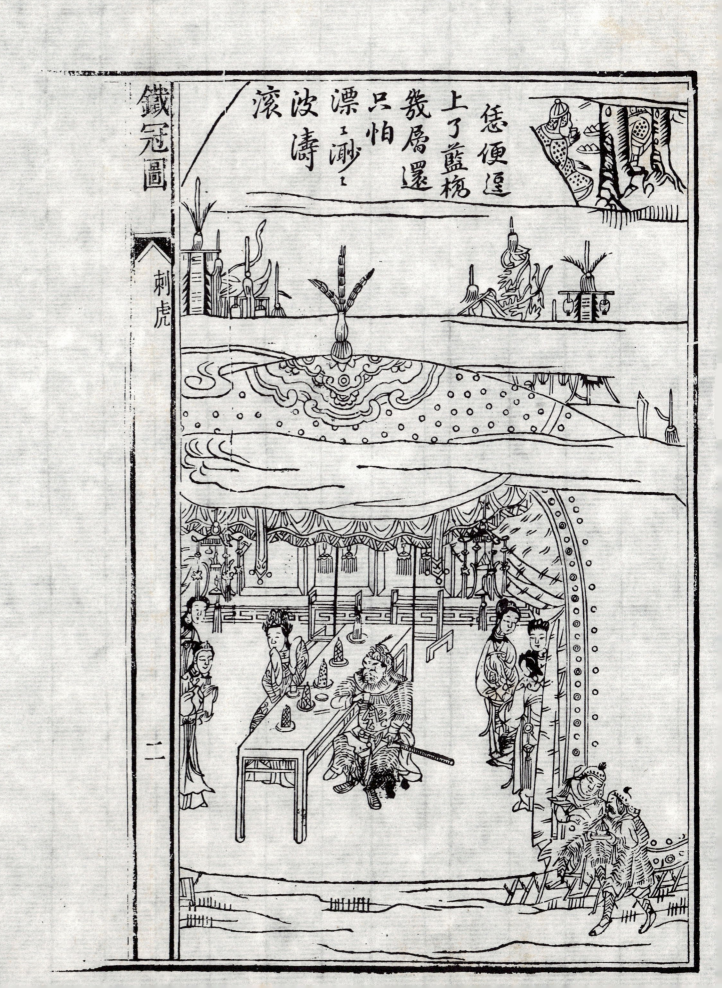

刺虎（小旦穿紅蟒帶鳳冠暗藏匕首飲恨嬌娃式上）唱
高宮套曲 端正好 愠君讎含國恨、切切的愠君讎、侃侃的含國恨誓
捐軀要把那仇讎（切齒毒指硬唱）手刃、因此上（歎悲哽咽）苟且偷生一息存、這就裏誰知
憫（轉身正坐白）（年幼嬌音）奴家費氏、小字貞娥、從幼選入宮闈、以充嬪御、
蒙國母娘娘、命我伏侍公主、（提起烈婦血性）不想流賊篡奪我國、（悲愴云）逼死君父、
一家骨肉死於非命、（咽哭拭淚）（正色白）可笑那些臣子、沒有一箇爲
國家報讎雪恨的嘎、難道如此奇冤極恨就罷了不成、哎呀、
我想忠義之事、男女皆可做得、爲此在宮中取了一把匕首、
藏於身伴、又假裝公主模樣、指望得近闖賊、殺此巨寇、（怨極之聲）咳、不
想賜與他兄弟爲配、罷、且待他來時、我自有道理、唱

滾繡毬（此滾繡毬以正曲緩緊細唱身段在袖中極力描摹切莫刪去）俺切着齒點朱脣、揾着淚施脂粉、故意兒花簇簇巧梳
雲鬢、錦層層穿着衫裙、懷兒裏冷颼颼匕首寒光噴、俺佯嬌假
媚粧癡蠢、巧語花言諂佞人、這纖纖玉指待剜讎人目、細細銀
牙要啖賊子心、俺今日裏要與那漆膚豫讓爭名譽、斷臂要離
逞智能、拚得箇身爲虀粉、拚得箇骨化飛塵、誓把那九重帝主
沉冤洩、誓把那四海蒼生怨氣伸、也顯得大明朝還有箇女佳
人（內吹打作立起聽白）呀、鼓樂之聲、敢是此賊來了、我且喬粧
歡笑、對他則箇、（咽哭拭淚慢走虛下科）（二虎軍提燈大淨照
前戎粧佩劍作醉態）（但醉訣目瞪無神鼻塞舌硬武以強走
文用軟勁女宜笑容漫涎男要嗌合𠾗津）（二虎軍代淨捧槊

扶〔淨上白〕拓地開疆膽氣豪、從龍附鳳佐皇朝、（咲心低語）龍潛且作趙
光義、有日天心屬我曹、方纔衆將、道俺今夜與公主成親、要
與俺慶賀、俺那有心情和他們飲酒、被他們你一杯、我一盞
喫得大醉、纔放回營、好不知趣也、〔衆扶走作到式吹打〕〔衆〕已
到營中了、〔淨〕將校廻避、〔衆應下〕〔正旦貼扮宮女上出接科〕二
大王回營了、〔淨〕（身衝走進）公主在那裏、〔正旦貼〕在內帳、〔淨〕快請出來、〔將
鬟抹嘴〕〔正旦貼應〕公主有請、〔小旦走上看淨上下身淨見小
旦作輕俏語見禮科〕公主拜揖、〔小旦勉笑云〕將軍萬福、〔淨覷
消魂大笑〕這一福就酥了俺半邊、〔對面坐科〕〔小旦〕將軍乃蓋
世英雄、皇朝樑棟、〔淨作㐫狀逼文〕豈敢、拙夫不才、怎敢當公

主稱美、〔小旦〕奴家是亡國之女、不堪侍奉宮幃、〔淨〕公主乃金
枝玉葉、鳳女天孫、（掩口溫云介）萬望勿嫌、愚夫粗莽、就是萬分之幸也、今
後有事、悉體公主掌握、凡有分咐、小將一一從命、〔小旦〕但夫
婦乃天倫之始、當行花燭之禮、合卺之儀、方成大禮、〔淨得頭
大悅貌〕是是是、侍女們徹晏過來、待俺與公主交拜天地、〔正
旦貼〕是、〔淨小旦各立起科〕〔淨莫忘醉態小旦步步留心對上
揖扒拜小旦暗拭淚科淨又扒拜小旦不跪悄怒看淨式淨
掙起揖與小旦對面雙揖又各執杯淨俏眼生花定席畢坐
科桌設香爐蠟檯小旦持杯白〕將軍請、〔淨〕公主請、〔小旦唱〕
〔叨叨令〕銀臺上煌煌的、鳳燭燉、金猊內裊裊的、香烟噴、〔淨作趣

〔語〕我和你一夜夫妻百夜恩、〔小旦連唱〕恁道一（側身强歡心苦狀）夜夫妻百夜
恩、試問恁（背唱介）三生石上可有艮緣分、〔淨白〕公主早些（已桌笑云）睡罷〔小旦連
唱〕（背唱科）他只待流酥帳暖洞房春高堂月滿巫山近、恁便逗上了藍
橋第幾層、還只怕漂漂渺渺波濤滚〔淨白〕公主請、〔小旦〕將軍請、
〔淨〕干、〔大笑〕樂殺我也、〔小旦唱〕恁道是樂殺（怨言悽唱）人也麽哥〔白〕將軍
請、〔淨〕干〔又笑〕喜殺我也、〔小旦唱〕恁道是喜殺人也麽哥、〔淨白〕
待俺回敬公主一杯、〔小旦推住杯立〕哎呀將軍所賜奴家自
當遵命、欲請將軍陪奴一大杯、〔淨〕公主要我陪、當得、侍女們
看大杯來、〔正旦貼取大杯斟科〕是、〔淨〕公主請、〔淨舉杯看小旦
大笑作大口飲數口卽唾伏桌醉云〕睡罷〔小旦持杯假飲緊

照看淨醉伏桌立〕呀、〔出桌對外唱〕赤緊的這蠢不剌沙咤利
那曉得丰和韻、〔正旦貼近淨白〕將軍、〔淨搖首科〕不飲了、〔正旦貼
又叫淨擡頭看小旦作糊塗語云〕公主俺醉得緊了、安寢了
罷、〔小旦〕將軍侍女們皆辛苦了、將喜筵分散他們去罷〔淨〕也
要留幾名在房中伏侍、〔小旦急顏〕奴家自能侍奉巾櫛、令他（附淨耳低云）
們去罷、〔淨嗤笑〕想是公主怕羞、侍女們、〔正旦貼〕有、〔淨〕公主賞
你們酒筵、各自去罷、〔正旦貼叩頭科〕多謝公主娘娘、〔淨〕掌燈
送入洞房、〔正旦貼應各執蠟檯行半轉作進後帳放左邊桌
淨携小旦手帶看帶走小旦亦留心看扶淨進帳坐牀小旦
〔白〕爾等廻避、〔正旦貼〕是、〔下科〕〔小旦作關門轉坐椅淨傍淨作

沉醉科小旦將軍、今乃喜日、（留心問探）爲何還披鎧甲、淨神迷直語科
一向在皇兄帳中護衛、防備奸細、日夜不能卸甲、小旦作吞
笑云哎呀天下已定、還慮什麼奸細、今宵乃將軍喜日、豈可
穿此不祥之服、（左手探淨首科）淨嗄、待俺卸了鎧甲、把身子鬆動一鬆動睡（附小
旦耳低云）一夜好覺、待我喚侍女們來、立起欲走小旦急扯住淨右手
哎呀不消喚他們、待奴親與將軍卸甲、纔是婦道、淨只是勞
動不當、小旦好說、淨除匳與小旦掙搔頭皮癢小旦唱
脫布衫正格除下了鐵兜鍪鳳翅嶙峋、淨解劍遞小旦即偷拔
看驚收介唱除下了、寶龍泉偷看利刃、（淨解甲裙與小旦放科）鬆解了獅蠻帶巨扣雙
（與淨卸甲扯重鐧傷淨左臂）把卸下了猜猊鎧瑣子龍鱗、淨白哎呀、哎喲喲、小旦將軍尊臂、

鐵冠圖　刺虎　四

爲何如此、淨不瞞公主說、前者在寧武關、被周遇吉打了一
鞭、至今不能痊愈、哎呀疼死我也、小旦嗄、原來如此、待奴扶
將軍入帳安寢、淨公主、求你早些睡罷、困下科小旦將軍先（與淨下帳緯科）
寢、奴家除下簪珥就來、唱
小梁州正格除下了（對鏡除冠卽白兜頭）翠翹寶髻珥、璫瑱、（卸蟒襯帶除去）脫下了鳳衾氤氳、俺把（將袖拔鞋）
（介）那金蓮兜緊、鳳鞋跟、防滑褪、緊扎起繡羅裙、開帳門悄探聽內
打更鼓一下小旦驚恐失色狀白呀、唱
么篇聽房櫳寂寂悄無聲、打二更進帳關式唱但聞得更漏頻
頻、掛起左帳幔低怯叫白將軍、將軍、淨似醒翻身動醉眼難支
復睡鼾聲科小旦唬退顫看定呀、唱覷着他璉瞍醉眼醒還

昏荍喲、（拔出七首）（小科）咳、（唱）休驚鈍、此拌堅肩覷定了心窩內寶刀輪（年
小力微要做出志大心雄一刀刺去必須連身而載淨雖被
刺赤手一攔小旦棄刀逵跌措手無及淨負傷撲出亂掙躍
起小旦急拔劍卽砍雖然撲跌務要劍劍刺着爲是（俗以跌
取好謬也）（小旦唱）
快活三（又一體）鋼刀上、怨氣伸、（淨右脚踢小旦小旦撲退細步跪左
足眼看淨淨掙起小旦見淨卽立起將髮自咬認定淨心窩
刺進全身用力殺之淨大喊仰身困下卽三擄小旦隨三刺
淨不動將左袖覆面右袖葢肚底科小旦怒目細認唱科）銀
燈下、究家認（脫力落神）嘆皇天不佑不能把渠魁刃、哎呀便死

向泉臺尚兀自含餘恨（軟退步坐劍撕地作喘眼覷定淨科）（正
旦貼擦眼上白）姐姐、二大王與公主戚親、爲何房中吽喊起
來、我們同去看看、（行科貼）閉門在此、我們打將進去、（推進絆
跌起見淨驚）嗄、二大王爲何滿身流血、倒在地下（正旦見小
旦）嗄、原來被他刺死了、（同白）你爲何殺死二大王、拏你去（作
近身扯小旦立起舉劍怒狀）誰敢、（正旦貼跪怕式）哎呀公主
饒命嗟、（小旦身軟悲咽坐）我原非公主、（正旦貼駭問）你是何
人、（小旦）乃費氏宮人、（正旦貼立起科）嗄、（小旦）今日殺死巨寇 春措淨硬云
替國家報讎、便將我碎屍萬段、哎呀亦不畏懼、（正旦貼）咳、你
配了二大王享用無窮富貴、也不辱抹了你、况且這般愛你、

也不該如此、〔小旦大搖〕咳、〔唱〕

朝天子〕恁道謊陽臺雨雲莽巫山秦晉、可知俺女專諸不解江
力脫氣怯含悲唱式

皐韻、俺含羞醇語搵淚擎樽、哎呀遇寃家難含忍、〔正旦貼白〕看

你怎了、〔小旦連唱〕拚得箇柳樵、花悴珠殘玉損、早難道貪戀

榮華忘却終天恨、〔正旦貼白〕拏你去見大大王、就是死哩、〔小旦

咴、〔唱〕一任他屠腸截刎、一任他揚灰、碾塵、今日裏含笑歸泉

〔咽哭回思自愛白〕費貞娥嗄、費貞娥、可惜你大才小用了、〔二
指肭　側看淨

宮女亦覺酸心憐惜拭淚〔小旦瞬目蹬足〕哎呀罷、〔唱〕又何必

多唇吻、〔毒指淨白〕看此賊又活了、〔正旦貼急看淨〕嗄、二大王、〔小

旦急刎下〕〔正旦貼看下地〕哎喲、他也自刎了、好箇烈性女子、

〔貼〕便是、我們且把屍首擡過一邊、〔擡淨下〕〔正旦〕快報與大大

王知道、〔貼〕有理、三寸氣在千般用、一旦無常萬事休、〔同下〕

出版後記

《審音鑒古録》，不著撰人，是清中期刊行的一部昆曲演出劇目的選本。據書首琴隱翁道光十四年（一八三四）《序》，此書是王繼善從京師『輾轉購得原版，攜歸江南』，稍加補訂刊印的，原版可能出自清乾隆年間。《序》中云所選劇目爲六十六折，而事實上祇有六十五折，因爲《牡丹亭》一劇單册封面標有『堆花』一折，而實際上單册并無『堆花』一折内容，第一册總目録裏也并無收録。六十五折劇目包括：《琵琶記》十六折，《荊釵記》八折，《紅梨記》六折，《兒孫福》四折，《長生殿》六折，《牡丹亭》九折，《西厢記》六折，《鳴鳳記》四折，《鐵冠圖》六折。書中所涉當時著名演員，均見李斗《揚州畫舫録》。這些作品屢經明清以來昆曲藝人的藝術加工，他們根據舞臺演出的需要，不僅對文學劇本原作進行了不同程度的取舍和增補，還批注了詳細的舞臺提示，作爲創造舞臺形象和匡正舞臺弊病的規範。書名

『審音鑒古』，即源於此。它在一定程度上反映了自明中葉至清中葉近三百年間昆曲舞臺藝術發展的歷史成果。

《審音鑒古録》不同於一般的演出臺本，它接近於現代的導演脚本或演出記録本，其中幾乎包括了導演構思、導演設計以及具體藝術處理等有關導演工作的全部内容。記録形式有以下幾種：一、正文行間插入科介説明。它比一般文學劇本的説明詳細得多，包括了與臺詞相應的形體動作、心理活動、表情和潛臺詞等。二、正文的旁注，是針對唱詞和念白所作的舞臺説明。三、上場按語，是對人物形象的基調所作的舞臺提示。四、眉批，包括人物形象基調和表演方法。五、總批，是關係到全劇的導演處理説明。此外，也有專爲保留舞蹈身段而選入的劇目。

《審音鑒古録》所集演出臺本的可貴，在於它將表演技術、形象創造、審美要求三者結合起來。相關的舞臺提示，着重於人物精神氣質的把握，又極講分寸，避免過與不及。這都屬於傳統戲曲表演藝術中的精華。

《審音鑒古録》一書過去流傳不廣，且祇有道光十四年王繼善刻本一種版本。中國書店本次影印的《審音鑒古録》即以王繼善刻本爲底本。本書半頁十行，行二十四字，四周雙邊，單魚尾。書首有道光十四年琴隱翁序文。書品

開本敞闊，版面清晰自然，所收各戲每折前圖後文，開首收雙面連式插圖一幅，構圖豐滿，人物傳神，刀法細膩，猶存明代版畫遺韵，爲清中期版畫之精品。中國書店爲弘揚祖國傳統戲曲藝術之珍品，爲保存、延續昆曲這種非物質文化遺産而盡綿薄之力，特此影印出版《審音鑒古録》，以饗讀者。

中國書店出版社

辛卯年秋月

图书在版编目(CIP)数据

审音鉴古录 /（清）佚名. —北京：中国书店，2012.1
（中国书店藏珍贵古籍丛刊）ISBN 978-7-5149-0136-8

Ⅰ.①审… Ⅱ.①佚… Ⅲ.①昆曲—剧本—作品集—中国—清代
Ⅳ.①I236. 53

中国版本图书馆CIP数据核字（2011）第201662号

ISBN 978-7-5149-0136-8

9 787514 901368 >

中國書店藏珍貴古籍叢刊

審音鑒古録

一函八册

作者　清・無名氏
出版發行　中國書店
地址　北京市琉璃廠東街一一五號
郵編　一〇〇〇五〇
印刷　江蘇金壇市古籍印刷廠有限公司
版次　二〇一二年二月
書號　ISBN 978-7-5149-0136-8
定價　一六〇〇元